回甘

吕玫 ▲ 著

The works of Lumei

北方联合出版传媒（集团）股份有限公司
万卷出版公司

★没有磨炼，人生便没有回甘

I always want what I want when I want it.

每年的九月，都会有很多的职场新鲜人摆脱孩子的身份，成为职员、工人、教师、医生或是别的，在我们的门店，也会常常因为他们的出现而衍生出许多的故事。

　　所以，当我在九月开始陆陆续续读到《回甘》这个故事的时候，我感慨良多。

　　开始工作的人，就好像从枝头被采下来的茶青一样，虽然每一片看起来都是那么青翠欲滴，但是他们的人生却还是一个未知数。

　　在所有的茶叶制作流程中，铁观音算是比较复杂的一种，采下来的茶青要进行萎凋，在合适的温度湿度中让茶青发酵，然后通过杀青的方法，停止发酵。这之后还需要揉捻以做型，烘焙以干燥，前后需要十几个制作环节，才能把长在安溪山头上的一片美丽的青叶，制成独具韵味的铁观音。

　　这当中如果有一个环节出错，就会破坏茶的韵味，那么，这一片茶作为优质铁观音的人生便被终结了。

　　一个孩子从学校毕业之后走上工作岗位也是如此，虽然在学校里学了不少的东西，可是在社会的课堂里要学会的更多，总会有磨难、挫折，也有幸运和奇迹，可是，真的，一步都不能走偏哦，走错了，也许就不能回头！

成长为一片优质的青叶已经需要天时地利人和，可是毕业才不过是开始，还需要更多磨炼，在水与火的历练之后，感受如水的人情和如火的痛苦，被压力揉捻，被欲望煎熬，最后，才如浴火的凤凰一般重生。

　　在人生已经走了很长一段路的时候，回望来时的路，真的有不少痛苦的回忆，但在今天回味和咀嚼这些回忆的时候，我心里是满满的感激。

　　经历过饥饿，才能更好地品尝食物的美味；

　　经历过寒冷，才能深切地体会炉火的温暖；

　　忧愁许久之后，才会得到快乐！

　　所以，用物理的方法萃取出茶的精华，虽然也很合适现代社会的脚步，但是自己去经历自己去品味，让茶通过化学的变化得到与众不同的韵味，也是无法替代的体验。

　　别人给予的人生，就好像是瓶装饮料，总好像缺点什么；

　　自己奋斗得到的成功，只要是体会过的人，都能感受到那种只可意会不可言传的快乐和满足。

　　这就是回甘，苦涩之后得到的幸福感！

　　有空的时候，和家人朋友一起品一泡铁观音功夫茶，那种香气和韵味，没有人可以帮你体会，不喝下那一杯，你不知道它的美。

一茶一座总裁　陈定呆

2009年是我到上海的十年里，拥有最早熟的夏天的一年，立夏刚过，还没来得及和所有的朋友分享这一年的春茶，夏天已经在第二天匆匆来临。骤热的天气，让人只想牛饮，完全没有了细细品茶的那份春情，虽然也可以在四季如春的空调房里伪造一个春天，但是那种推开窗让杨柳风扑面而来的清新，是只有春天才能有的气质啊。

据说，上海的春天将越来越短，属于茶的季节，就这样被属于饮料的季节给排挤了。我并不是一个会很容易地因为季节的变迁而感慨的人，但是在五月的天气，却有了七月的情绪。

所以，今年小说的创作季节也提前了。断断续续的，完成了今年小说的大纲，而在这之前，已经有了一个名字——《回甘》。

所谓回甘，是品茶时的一种体验，没有办法具体描绘，因为每根舌头都有自己的体会。就好像每一个人对于生活，都有不同的看法一样。

从上学的时候开始，就有一个在夏天开始写作的习惯，北窗下的书桌，在暑假的时候，铺开练习本，写一些模仿气息浓重的武侠小说，休息的时候看一部《源氏物语》或《风雨下中州》。暑假的两个月，几乎足不出户，所以在开学报名的时候，同学们经过两个月都晒黑了，而我却相反。

那些少年的时候灾桃祸李的故事，后来只剩下几句，在《幸福的味道》里悄悄留下了小猫脚印一样的痕迹。

据说人是三岁看到老的，小时候就不喜欢出门的我，到现在还是这副德行，如无需要，连电脑也懒得打开，好几个月才会"进城"一次，明明心里牵挂着的朋友，也疏于问候。

就这么平淡的生活，梦却很多。有人说梦多是神经衰弱的表现，可是我却真的很喜欢做梦，在梦里，总是很开心，似乎现实生活中的种种渴望，都在梦里实现了。记得小时候，有很长一段时间心情十分抑郁，我这样安慰过自己——人生有三分之一的时间在睡觉，起码在这三分之一的时间里面，我还是快乐的。

很多人说，为什么总喜欢给故事安排一个很和谐的结局？怎么说呢，写一个故事，就好像是做一场梦吧，当朋友们读着我写的故事的时候，也好像是在梦境中旅游，到最后，给大家美好的结尾，有什么不好呢？记得自己从一个美梦中醒来时的那种感觉吗？我希望，读完这一个故事，你也能有这样的意犹未尽。

现实生活中，难免会有苦涩，就好像茶的滋味一样，而好茶和普通茶的区别就在于，普通的茶只有苦涩，而好茶却有回甘。从苦涩中品尝得到甘甜的滋味，这样的生活，便是上等的了。

今年的故事，主人公是两个孤儿和一个瞎子，在他们的肩头，有着责任和磨难，他们的爱情和人生，都会是苦涩的，但到最后，每个人都体会到了属于自己的回甘，也希望看完这个故事的你，从你的苦涩中体会到一丝属于你的甘甜吧。

又是新的一年，我们再次在故事里相逢，让我为你再造一个梦，让你相信，只要你相信，每天都会有一个好心情。

吕玫

2009年6月于上海紫藤苑

【目录】CONTENTS

Chapter

♣ Chapter 01

自在不止一次在那座办公楼前面徘徊，满心期待仁会像她一样故地重游，可惜，仁就像一滴水流进了大海一样，消失在上海两千万人的人海中了。

落地窗，窗外树木葱茏。

九月的天气，训练馆里是永恒的26度。

展自在正在演练一套陈式太极。

她的动作十分舒展，移步换形，行云流水，绵绵不绝。

几个外籍学员站在一边观摩。

自在一个轻盈稳健的收势，气定神闲地结束整套动作。

来自津巴布韦的程建国，到苏州工作已经三年，他给自己起了一个颇有五十年代风格的中国名字。

就好像我们给自己起英文名字，也是大卫保罗玛丽一样。

程建国高过自在两个头，据说曾经在北京跟一个旗人学过一阵子中国式摔跤，看自在轻飘飘地动作完毕，颇有一点瞧不上的意思。

"展教练，我们学习中国功夫不止是为了健身，还希望能打，太极是你们国家老年人在公园里晨练用的，也就是广播体操一类吧，你能不能给我们安排一些实用性更强的课程？"

"对啊，我想学女子'放浪'术。"法国来的春花是个金发碧眼的巴黎女子，却给自己起了个乡土气息浓郁的中国名字。

自在忍不住笑了："我想您说的是女子防狼术吧。"

几位外籍学员都不由自主地点了点头。

没办法，外国人了解中国功夫，不是李小龙，就是成龙李连杰，第一堂课，大部分的学员都希望学习直接就能把人放倒的功夫。

更有一位，是来自澳大利亚的江上飞，听听这个名字，就知道是一位读过武侠小说的功夫爱好者，一迭声地起哄说："我们想学咏春，就像叶问那样，能打！"

报名参加俱乐部的中国功夫课程，上课的第一天却发现老师是个刚过20岁看起来瘦弱文静的小女孩，其实自在也不算矮小，但在一大帮高大的外国学员的衬托下显得十分袖珍。

心理产生巨大落差的学员们在看完自在演练的课程内容之后，更加失望，原来学的不过是慢吞吞的太极拳啊！公园里都是白发苍苍的老人在练太极拳，花了几千块钱岂不是上当？

教室外面清戍正在辅导黄小姐，背对着场内没看见场面已经有点混乱。

黄小姐却已发现端倪："喂，汪教练，你的小女朋友好像招架不住了。你要不要进去帮帮忙啊？"

黄小姐有点幸灾乐祸的意味。

到这家健身俱乐部来，她看中的其实就是身形健美的汪清戍，没想到上个月却听说汪教练的女朋友体院毕了业也到俱乐部来工作了。

在更衣室和自在一照面，黄小姐的心里就凉了半截，毕竟是年轻的运动员，身材匀称，骨肉匀停，更让人看见了就会气不打一出来的是她一见人就绽开的单纯笑容。

看她和汪清戍站在一起，就好像运动休闲服的广告一样，十分登对养眼。

论年纪黄小姐并不比自在大多少，但是25岁的她，却早已经因为营养过剩而发胖。在这个工业园区开了很大一间电子元器件厂的她，做的是家族生意，身边都是多金的生意伙伴，看腻了秃头、肥肚腩和酒糟鼻，她一门心思就想找个像汪清戌这样的肌肉男。

可是，肌肉男却有一位功夫女友。

汪清戌转过身来看了看自在，后者正一脸微笑地看着挑战自己的学员。

"这点小场面，对于自在来说不算什么，我要是进去帮忙，估计会被她直接扔出来。"

语气中那种得意和宠溺的意味，听得黄小姐火冒三丈。

不过年少有为的她，也不是头脑空空的蠢货色，当下把一肚子的酸水硬生生地咽了回去，继续跟她的跑步机斗争。

再看自在这边，体重将近200斤的程建国已经不知死活地站在了她对面。

"展教练，你真的只用刚刚演示的那套拳法，双脚不离开这个圈就能把我打倒？"

"对！"

"教练，我看你的体重连90斤都不到，还是换我来跟你比试吧，我看他压都能压死你啊！"江上飞好像还有点怜香惜玉的意思。

自在也不回答，只将右手的食指竖起来，轻轻地向着程建国招了一招。

程建国摆了个电影里常见的中国功夫的架势，大喝一声，抡着拳头就向自在扑了过来。

待他到身侧，自在微一侧身，右手顺着程建国的攻势将他向后一捋，然后响亮地说："这一招叫做揽雀尾！"

程建国几乎是应声倒地。

春花发出了不可置信的惊呼声。

猛然摔了一跤的程建国几乎不假思索地爬了起来，冲着自在的肋骨飞起一脚。

自在左手一拨他的腿，右手直接在他胸口拍了一掌，同时字正腔圆地说："搂膝拗步。"

程建国配合着她吐出的四个字，干净利落四仰八叉地倒在了地上。

江上飞也大声地喝起彩来。

自在转过身，躬身向他们微一抱拳，谦虚地表示谢意。

那边被摔得心头火起的程建国定了定神，爬了起来，见自在背对着自己，几乎用尽全身的力气扑了上去，想从后面抱住自在。

自在警觉，弯腰低头，双手顺势将他一抢，程建国就从自在的头顶飞了出去，自在双手又向回略收，将程建国轻轻地送到了地上。

自在站直身体，施了一个抱拳礼，声音清脆地报出刚才那一招的名称："海底针！"

一干外籍学员几乎惊呆了，但随即大力地鼓起掌来。

程建国忽然不可置信地跑到自在面前，"嗵"地一声跪了下来，"展教练，你一定要收我这个徒弟，我要学会太极拳，这套拳法一定打遍天下无敌手。"

自在笑着把他扶起来。

跑步机上的黄小姐也几乎看呆了，被跑步机一绊，几乎摔倒，一旁的汪清戎连忙将她扶住，没想到她却就势倒在清戎的怀里。

自在略一转头，正好看见两人搂抱在一起的这一幕，她的神情一窒。

下了课，终于摆平那一帮外籍学员的自在气呼呼地来找汪清戎，却被前台的小思叫住了。

"自在，刚刚有一个上海民政局的李阿姨叫你回电话给她，她说你电话打不通。"

上课的时候自在关了手机，她忙不迭地给李阿姨回电话。

"李阿姨，是我，自在，怎么，找到阿仁了吗？"

"哦哟，自在，我急死了，下午有一个退休职工的联谊会，以前你们向阳福利院的院长也会来，你要是来得及就赶快来一次，当面问问她吧。"

自在以迅雷不及掩耳之势换好衣服，直扑火车站。

她工作的健身俱乐部在苏州郊外的一个工业园区，幸好有车直达火车站，正赶上一班过境的和谐号动车组，自在几乎是以百米冲刺的速度冲上了火车。

跟阿仁的记忆不由得在心头浮现出来。

"自在，我们永远在一起，这样我们就有自己的家了。"六岁的仁比自在还要矮一头，但是讲起话来，却好像要比自在沉稳很多。

"好啊，你不许耍赖哦！"六岁的自在破涕为笑。

向阳福利院的围墙上爬满了蔷薇花，五月的天气，正是蔷薇花盛开的季节，父母双亡的自在在向阳福利院有了人生的第一个朋友。

虽然已经过去了十六年，跟仁也有十二年没有见面，但是自在却一直记得六岁的时候他们彼此许下的诺言。

也许就是今天，就能得到仁的消息了。

记得第一次去民政局查找消息的时候，接待自己的李阿姨这样问道："既然你这么牵挂你的朋友，早几年为什么不去找他呢？"

是啊，问得好。

刚被领养的那几年，养母可言经常会带自在回去看看仁，但是到了十岁的夏天，可言失去了丈夫，自在失去了爸爸。

长达八个月的时间，可言都在医院里照顾丈夫，小小的自在学会了烧饭洗衣服自己一个人生活。

本来以为只要一家三口齐心协力，上天一定会垂怜，但是爸爸还是走了。

葬礼之后可言带着自在去找仁，福利院已经被拆成了一片废墟。

那个夏天，自在只剩下了可言妈妈。

城市不断变迁，向阳福利院的旧址早就成了一栋办公楼。

自在不止一次在那座办公楼前面徘徊，满心期待仁会像她一样故地重游，可惜，仁就像一滴水流进了大海一样，消失在上海两千万人的人海中了。

终于，在李阿姨的帮助下，一路匆匆赶来的自在站在了占院长的面前。

"你找仁？全名是什么？"老院长虽然两鬓已白，但是一双眼睛还是炯炯有神，她一脸怀疑地看着自在。

"全名？"六岁的孩子，根本没有这个概念，他叫她在在，她叫他阿仁。

"孤儿院的孩子流动性蛮大的，健康的孩子会不断被领养，如果只记得一个小名，我就没有办法帮你了。而且成年以后他们也会离开福利院，所以，就算找到他最后住的那个福利院，也应该不知道他的去向了。"

以为会是救命的稻草，没想到却完全没有头绪。

李阿姨带着鼓励意味地拍了拍自在，走开了。

自在黯然地走出会场。

最后的一线希望也落空了。

难道，就真的再也找不到阿仁了吗？

自在挥了挥自己结实而修长的胳膊，暗暗为自己加油："自在，你一定可以找到他的！"

拳头握紧了挥出去，没想到"嗵"的一声却打到了一个人的身上。

自在连忙回过身，一迭声地道歉。

好俊秀的少年！不过也实在太文弱了一点吧，被自在的一拳击中，居然就倒了出去，在撞倒了几辆自行车之后，一屁股坐在了地上。

自在的脸不由自主地红了起来。

"不好意思，我没有看见你。你没有伤到哪里吧？"

男孩子漂亮的黑眉毛纠结起来，白皙的面孔，红润的双唇，微卷的飘逸长发。

自在看着他的脸，脑子里不由得赞叹，真是花一样的少年啊！传说中的F4也不过如此吧。

男孩子好像完全没有接受到自在仰慕的眼神，他的声音平淡中透着一种优越感："小姐，你不觉得这种搭讪的方式让人很不能接受吗？我说我没有看见你还有可能，你怎么会没有看见我呢？"

这是什么话？难道你长得比较像焦点，而我就平凡的像是盲点吗？

尤其是他的眼神，真的几乎完全没有焦点，穿过自在的身体，落在不知道什么地方。

"我……"自在的歉意一下子消失了，这个家伙，拽什么，以为我是什么狂花浪蝶，凭良心说，你长得是不错，可我也不至于那么没见过世面，上赶着要找你搭讪吧。

男孩子从地上爬了起来，用手拍了拍衣服。

"怎么，被我说中了，不开口了吗？"他用一种近乎挑衅的语气说。

"你什么意思，我承认我是不小心打到了你，我很抱歉。"

自在一边说话，那个男孩一边走了过来，直直地站在自在的面前："好吧，我接受你的道歉，请你把自行车摆好，再见！"

说完，他转身走了开去。

自在回头看了看倒在地上的自行车，一共三辆，乱七八糟地纠结在了一起。

"喂，你不帮忙啊？"自在冲着他的背影喝了一声。

男孩子却像没听见一样地施施然地走开了。

九月的天气，真的很热，自在很吃力地才把三辆自行车摆好。

路的尽头，一直沿着盲道行走的男孩子停了下来，将手上的一根伸缩手杖拉开，小心试探着走过了路口。

自在忙着摆放自行车，根本没有看见对于她来说很重要的这个细节。

"真没想到会有这种人哦，明明长着一张天使一样的面孔，却是个脑残。所以我说，长得好的男人最要不得了！"到吃晚饭的时候，自在还是愤愤不已。

坐在她对面的清戍不乐意了："这么说，你是觉得我相貌平平但是心里美才跟我谈恋爱的？"他一边说一边拨弄着盘子里的饭菜。

"那是两码事啦，你是我们健身俱乐部的一枝花，那些学员不是整天围着你打转嘛。她们看见你那六块小馒头，就好像盘丝洞的蜘蛛精一样，恨不得吃了你呢。"自在一边说，一边把盘子里的鱼片拨到清戍的盘子里。

"展小姐，你能不能不要讲得那么直接啊？我也搞不懂，你好歹也是体院的高材生，怎么讲起话来这么粗啊？"

"呵呵，怎么，你要我装淑女啊，还是被我说中了心虚？我跟你讲，下次那个黄小姐再趁机吃你豆腐，我可要跟她翻脸的，她这是骚扰！我们这里是健身俱乐部，又不是卖身俱乐部，她把你这个健身教练当成什么啊？整天动手动脚。"

"先不说她，我跟你讲，我这个月卖掉几张卡，奖金好像又增加了一些，你看我们要不要别住宿舍了，自己出去租一套房住？起码我们可以自己动手烧烧晚饭，这食堂的饭菜我已经吃得要吐了，我想吃你烧的红烧肉百叶结！"清戍就势抓住自在的手。

自在愣了一下，忽然笑起来："要死，你这种话怎么说得出口啊？

未婚同居啊？你也不怕被我妈追杀？再说了，你这个理由太牵强了吧，你完全可以回家去吃饭的嘛。"

"我们在苏州，她在上海，哪里知道？再说了，我们早晚总要结婚的，这种年代，你不会老土到还在乎那一张证书吧。"清成紧紧抓着自在试图挣脱的手，"你愿意跟我到苏州来工作，我就知道你的心思了，自在，我就是喜欢你这一点。"

"自在，你怎么老不接手机啊？总台有你的电话！"前台的小思探头进来打断了清成的话，自在也趁机拿回自己的手。

"自在啊，我是黄伯伯，你妈跌倒了，你赶快回来吧！"

♣ Chapter 02

心乱如麻的自在望着月亮发呆，耳边响起的是自己当年的承诺，如今，阿仁还没有找到，妈妈却进了医院。

好不容易有的家，难道又要支离破碎了吗？

一天之内，这已经是自在第二次回到上海了。

自在的心里充满了自责，今天明明已经回了上海，为什么不顺路回家看看妈妈呢？要是下午直接回了家，妈妈也许就不会发生意外了。

自在和清戌下了火车，坐在出租车上赶往医院的时候，天已经全黑了，高架上堵车，清戌睡着了，自在闭上眼睛想小寐一下，却更加心乱如麻。

一睁开眼睛，她看见了天空挂着的一轮圆月。

今天，原来还是中秋啊！

跟清戌两个人在苏州，有点快活不知时日过的感觉，妈妈也没有打电话来催自己回家，只是，离开家的时候她会问："自在，这一次打算什么时候回来？"

她一定是希望自己能回来过中秋的吧。

都市的夜晚，看着天上那一轮满月，在云层中进进出出，有点诗情画意，但是月光下的明如白昼的街道，熙熙攘攘的人群车流，忙碌的都市人，已经没什么空闲抬起头来赏月了。

这一刻，看着这一轮昏黄的满月，自在忽然想起了妈妈煎的荷包蛋。

记得离开家的那天，是自在二十二岁的生日。

早上出门的时候，妈妈给自在做了一碗荷包蛋阳春面，这么多年了，妈妈的荷包蛋煎得还是不怎么样，有点焦了，其中一个还弄破了蛋黄，看起来更像蛋黄炒蛋白。不过，自在吃得很香。

九月，秋老虎，很热，一碗面吃得她满头大汗，妈妈慈爱地替她绞了一把热毛巾让她擦汗。

"出汗的时候千万不要用冷水冲，那样会长痱子的。"同样的一句叮咛已经说了不知道多少遍了，但可言总是觉得自在还是那个怯生生的小女孩，瘦弱文静，把她的小手握在手心的时候，会微微颤抖，好像十分惊恐的样子，可是，却有一双明亮勇敢的大眼睛。

"自在，今天去苏州报到，然后什么时候回来？"

自在一口喝干了面汤，用毛巾擦了擦脸，动作十分麻利。

"刚去的话，我想多在那边适应一下环境，最近就不回来了，你要是想我的话，可以去看我嘛，现在火车只要半个小时就到了，很方便的。"

一边说话一边站起来的自在，比瘦弱的可言看起来健壮多了。

可言欣慰地看着自在。

"妈，你有事没事这么盯着我干什么？"自在跟妈妈撒娇。

"看我这辈子最得意的作品啊。"

可言一边收拾桌子，一边打趣女儿。

这样的一对母女，虽然没有血缘关系，可是也十分亲密，看得不少人羡慕。

不过她们的生活，落在别人眼里，实在是很清苦的。

三十多平米的一室户，进门的过道两边是小小的厨房和卫生间，吃饭的桌子、看电视的沙发和睡觉的床，错落有致地摆在一间房间里。墙上是一张黑白的照片，一个长相清癯的男子，忧伤地看着她们母女俩。

房间里没有装空调，电视机是那种老式的金星，小小的阳台下面是车水马龙的街市，喧嚣的市声不断映进家里。

家具的式样还是上个世纪八十年代的样子，虽然打扫得十分干净，但却洋溢着陈旧和落伍的气息。

这个家，在父亲去世之后，就靠母亲微薄的收入维持着。自在上了大学以后已经开始打工，虽然支持生活还能过得去，但比起高企的房价，实在是杯水车薪。幸好当初分配了这一间小小的房子，母女俩总算也有自己的家。

"拿到第一个月的工资，我请你去店里吃饭哦！"这一天的自在，忍不住地神采飞扬。兼职的感觉和正式拥有工作的那份成就感是不一样的，收入的分量也不同。不要说自在在乎钱，穷人家的孩子自有一种紧迫感。

"你以后还去一茶一坐兼职啊？"

"我申请到苏州店去上班，俱乐部那边的时间和店里的时间我会安排好的。所以说我的小妈妈，以后你不要再出去做钟点工了，你女儿我养得起你了！"自在走过来搂住可言，虽然只有五十几岁，但可言的双鬓已经开始花白。

"去去去，我的事情你就不用管了，你不在家，我一个人也很无聊，帮人家做做家务，就当消遣。"

话是这么说，可言的眼眶却微微有些湿了。

十二年前，丈夫骤然去世，到今天总算是可以松一口气了。

她不后悔当初领养自在，这十二年来，如果没有自在的陪伴，日子哪里会有这许多欢笑？

走进向阳福利院，她挑中自在的时候，这个瘦弱的女孩子怯怯地说："您能把仁也一起带走吗？"

这是自在和可言的第一次对话。

可言蹲下来，看着眼前这一对都很瘦弱的孩子，圆圆脸的自在手里牵着长相十分清秀的仁。

"他是你的弟弟吗？"可言很喜欢开朗的自在。

"不是，但我们说好了要一辈子在一起的。"自在很勇敢地说，而仁则紧紧抓着自在的手，一脸警惕地看着可言。

仁和自在不得不分手的时候，两个孩子都惊天动地地哭了起来。

可言觉得心酸，但是她能带走的只是自在。

"我会回来找你的，我们一定会有自己的家。"自在这样承诺着。

心乱如麻的自在望着月亮发呆，耳边响起的是自己当年的承诺，如今，阿仁还没有找到，妈妈却进了医院。

好不容易有的家，难道又要支离破碎了吗？

自在扑进医院，在神经内科的病房，找到了可言。

"医生，我妈不只是摔倒了骨折吗？"自在在养父去世之后，学习了不少的医学常识，一看病房区的名称，她的心向下一沉。

"你妈妈是脑溢血造成的意外，所以腿部骨折还是小事，脑溢血才是元凶！还好抢救得及时，总算命是保住了！你要好好谢谢这位邻居，你们做子女的别整天只顾自己，对父母不能这么疏忽啊！"医生自己也是50多岁的年纪，一脸严厉地把自在训斥了一顿。

"喂，你这个医生是怎么回事，你这是什么态度？我要去投诉你！"清戍拦住了医生的路，大声地为自在鸣不平。

走廊里不少的病人家属和医护人员看了过来。

"清戍，别闹了，医生说得对，谢谢，医生，谢谢你！"自在拉住清戍，尴尬地走进了病房。

可言还是昏迷的状态，自在替她擦洗手脚，忽然发现，不知什么时候开始，可言原来修成细嫩修长的手指已经变得粗糙了，手心里还过敏蜕皮，这是常年做钟点工留下的后遗症吧。

她还记得可言牵着自己的手走进家门的时候，可言妈妈的手软软的滑滑的，也不过就是一十六年，她竟一下子老了。

总要到父母忽然重病的时候，我们才会意识到，他们已经老了。

病房里，清戍的手机响了起来，隔壁床的病人很不愉快地看过来，自在连忙把清戍推出了病房。

"你先回去吧，两个人都待在这里也没什么用，回去以后把我的课调整一下，跟经理请个假。"虽然医院里开着空调，但自在的脑门上还是沁出了大颗的汗珠。

一时半会儿是没有办法回去上班了，家里的存折上不知道还有多少钱，够不够付母亲的住院费，一时间这些现实的问题全都堵到了自在的心口，所以当清戍含情脉脉想跟她来个吻别的时候，她回应的是一张木然的脸。

现在的自在，身上只有两百多块钱，在苏州的健身俱乐部上班还不满一个月，工资还没有领过。一茶一坐那边兼职的工资这两天会发到卡里，不过因为最近忙着适应俱乐部的工作，门店的兼职时间也少了，所以也就只有一千多块钱。

幸好第二天可言就醒了过来，用她含糊不清的声音告诉自在家里的存折在柜子的抽屉里，密码是自在的生日。

折子里有一万多块钱，密密麻麻的存款记录让自在看了心酸，每一笔存进去的都是三位数，存了多久才有这一万多块钱啊。

所以以前可言总说，穷人是生不起病的。

爸爸的病花光了家里所有的钱，还欠了不少债，前后花了好几年的时间，直到自在上了大学才还完。

这之后，家里的一点积蓄都变成了自在的学费。

一直到今天，家里的账单都是可言在应付。自在第一次发现，原来付钱是这么痛苦的一件事情，尤其是你不知道还有多少钱要付，而手上的钱已经快要见底的时候。

还有一周可言就要出院了，存折上只剩下2000多块钱，听邻床的阿姨说，出院还会开不少的药，可自在却再也找不到多余的钱了。

跟谁去借呢？

比较熟悉的是一茶一坐门店的伙伴，但大家都是年轻人，几乎都是月光族，借个一两百是没问题，但医药费恐怕不止三位数吧。

在卫生间帮可言搓毛巾的自在怔怔地看着镜子里的自己。

要是能用一个过肩摔把这些烦恼都甩出去就好了。

周末的时候，清戎带着俱乐部发给自在的工资和同事们帮自在凑的钱来了，虽然只是几千块钱，但已经可以让自在大大地松了一口气。

妈妈就要出院了，出院之前要结清所有的费用，这雪中送炭的几千块钱，总算可以让自在不再害怕医院的收费窗口。

清戎帮自在一起把妈妈接回了家，这是他第一次走进展家。

也是最后一次。

可言拖着不太灵便的左手和左脚尽量热情地招呼着清戎，女儿的娇客上门，让她十分兴奋。

可是清戎却连晚饭也没留下来吃，匆匆地告辞要走，说是晚上还有课。

自在送他到楼下。

六层楼走下来，两个人的额头都沁出了汗珠。

自在掏出手绢帮清戎擦汗，清戎抓住了自在的手，轻轻地握着。

"自在，你什么时候回苏州来上班？上次你收服了的那帮外籍学员可都在等着你呢。"

"恐怕，一时半会儿我是回不去了，你看妈妈的这个状态，我怎么走得了？"

"你不上班，收入怎么办？你手上的钱不是出院的时候差不多都付掉了吗？光靠你妈的退休工资够用吗？再说，你总不能就这么在家里当她的护工吧。"

自在有点烦躁，这些天这些问题已经折磨了她很久了，但她没有办法找到答案。现在清戍这么直截了当地提出来，她一下子崩溃了。

"我能怎么办？你倒是给我一个好的建议！"她冲着清戍叫嚷起来。

"你们家就没有别人可以照顾她吗？再说，她又不是你的亲妈妈。我还不是为你着想？他们这么穷，当初为什么要领养你？我是为你抱不平，你这个人怎么没脑子啊？你找这个工作容易吗？我们还有一大半的同学都没找到工作呢。你这么拖下去，老板等得了那么久吗？再说了，你的课，你的学员，你要是再不出现，他们跟俱乐部索赔的话，你可就吃不了兜着走了。我每天为你着急得要命，你就知道冲我喊！"清戍也很生气，下意识地用力捏住了自在的手。

自在吃痛，气呼呼地挣脱出来。

"我真没想到，你的意思是让我丢下妈妈只管自己？清戍，我没想到你居然是这样的人，这种忘恩负义的事情，我展自在做不出来！"说出这句话的时候，自在忽然觉得轻松了很多。

这么多天来，当压力越来越重的时候，自在不是没有犹豫过。可是，现在，当她大声说出这些话的时候，她肯定了自己的方向。

这种时候，哪怕搭上自己的前途，也不能丢下妈妈。

清戍和自在就这么不欢而散了。

"自在，我们搬出宿舍一起生活吧。"那天晚上，两个人手拉着手计划未来的场景已经变成了回忆。

自在对着面前的一大锅青菜，轻轻地甩了甩头，想甩掉那些美好的回忆。

妈妈在这一家做钟点工已经三年了，帮他们烧晚饭和打扫卫生，现在妈妈生病了，换自在来做替工。每周做五天，每天25块钱。妈妈存折里的那些钱就是这样一个钟点一个钟点地攒起来的吧。

每晚六点，自在用钥匙打开他们家的门，这是一套不到一百平米的两房一厅，收拾得时尚而简约，尤其是厨房，是定制的整体橱柜，厨具也十分先进。

不过年轻的女主人却不喜欢烧饭，她是一个三十岁不到的年轻白领，即使回到家，手机也不断地响起。自在每天精心为她煮好的三菜一汤，她总是浅尝辄止，腰瘦得只盈一握，还喊着要减肥。

看着人家小夫妻轻松自在的日子，自在常会忍不住自嘲，"虽然我的名字叫自在，可是我什么时候才能有这么自在的生活呢？"

想要这样自在的生活，也不是没有可能，回到苏州，回到清戍身边，两个人在俱乐部上班的工资足够供养一个自自在在的小家庭，那样平凡而幸福的生活，一伸手就拿得到啊。

可言也不止一次劝自在回去上班。

"自在，我虽然手脚有点不方便，但是自己烧个菜洗个衣服又不难，毕竟右手还是好的。真的，你再不回去上班，那个职位会被别人顶掉的。"

"不急，妈妈，我现在还在一茶一坐兼职，一个月也有一千多块。再加上帮那家做钟点工的收入，有将近两千块了，你不用为钱发愁。"

在妈妈面前，自在尽量显得轻松，"再说了，等你再好一点，我申请去门店做全职，收入还会高一点的。"

"自在，我担心的不是钱，是你的前途。苏州的那个工作能让你学以致用，你们教练不是说，以后有机会还能帮你介绍到美国的武馆去当老师的吗？"可言一脸的担忧。

"妈，在哪里都一样有前途的，在门店要是表现好，不断去参加考试，也有晋级的前途呢。你记得以前我的师父乙琼吗？她是从服务生起步的，现在已经做区长了，管理三家店呢。"自在一边说一边把不锈钢调羹塞到可言手里。

"妈，你慢慢吃，吃完把餐盘放在凳子上，我十点钟回来以后帮你收拾。"

"帮他们家烧好晚饭你还要到一茶一坐去打工吗？"

"嗯，夜班工资高一点，店长照顾我，特地帮我调的。"

自在走出门，手机响了："自在，我是老张，你什么时候能回来上班，你给我个准确的日子好不好？"

这是健身俱乐部的经理，声音听起来不太友善，隔着电话线也听得出他压抑着的怒火。

"经理，看来我只能辞职不干了。"自在下了决心。

"辞职？自在，你可不要开玩笑，虽然我对你的印象不错，但你知道，排在你后面要干这份工作的人可不少！"

"是的，经理，我知道，谢谢您对我的照顾，这个周末我想办法回来一次，把工作交接一下，我会当面跟您道歉的。"

♣ Chapter 03

这茶也许真的是可以让人忘忧的，跟清戍的分手，好像不那么难过了。"小姐，你这么多才多艺，不要怕没有男人爱你。"看起来很平淡的一句话，被那个天使一样的男人说出来，好像一帖热乎乎的膏药一样，贴在了自在的伤口上。

周末下午的健身俱乐部，人丁兴旺，自在径直走进了经理的办公室。

经理年纪也不大，三十出头的样子，是个相貌敦厚的男人，看见自在，他的脸色不是很愉快。

"自在啊，你这真的是让我为难啊，你可是我招进来的，试用期还没结束就要走，我知道你家里有困难，可越是这种时候，挣钱不是越重要吗？"

自在红着脸低着头，上次和程建国斗拳时的那种洒脱劲儿完全没了。

"经理，我真的觉得很对不起您，我也知道我给您添了麻烦。可是，我妈妈只有我一个亲人，我要是不留在身边照顾她，她……"

"算了，我也不想再劝你了，我们这里是来去自由的，你的难处我也不是不能理解，你好自为之吧。"

经理挥了挥手，示意自在可以离开。

其实这次回来，自在纯粹是为了亲自跟经理打个招呼，她的试用期还没结束，没什么手续要办，工作上那个只上了一堂课的班，也早就已经有人接手了。

地球上不管少了谁，水还是一样地流，日子还是一样地过。

不过，自在还想再见一个人。

那天不欢而散之后，自在和清戍就失去了联系，自在给清戍发过短信，但他没有回。

清戍是自在的学长，比自在高两届，苏州人。两人谈了三年的恋爱，除了校园里的一年之外，另外的两年都是上海苏州两地奔波的，所以，自在毕业后选择来苏州工作，清戍十分高兴。

通讯手段如此发达的今天，异地恋也不是没有可能吧。

自在，并没有因为可言就想放弃清戍，一两年而已吧，可言的身体也在渐渐康复中，未来，怎么会没有前景呢？

但自在显然把这一切想得太简单了。

找了一圈没有找到清戍，自在只能向前台的小思打听。

"回宿舍吧，上午我还看见他呢。"小思不太肯定。

自在赶到宿舍。

今天要来苏州，自在没有告诉清戍，她想给他一个惊喜。

但是小女孩，千万不要随便给别人惊喜呐。说不定会因此吓到自己。

清戍也不在宿舍。

跟他同住一间宿舍的小陈告诉自在，清戍最近都不在宿舍住了，他好像在外面租了房子。小陈想了想，在抽屉里翻出了一个地址。

自在知道那个小区，是一个很高档的住宅区，离园区也就五分钟的车程。

难道清戍租了那里的房子？

他为什么要租房子呢？

怎么清戍从来没有提起过呢？

是两个人吵翻了以后的事情吗？

大太阳下面，路面有点烫人，自在却觉得自己的心里有一把更加炽烈的火在烧。本能让她奔跑起来，催促她早一分钟见到清戍，问个明白。

站在楼下，自在忽然又胆怯了。

真的见到清戍的时候，该问些什么呢？

自己只不过是清戍的女朋友而已，就凭这个身份，可以质问清戍吗？

汗，从全身所有的毛孔里飚了出来，几乎一秒钟的时间就湿透了自在的衣服。

高楼下面有很急的风，浑身汗湿的自在被风一吹，感到一阵阵的寒意。

以清戍的工资，根本租不起这么贵的房子。

自在觉得一个答案呼之欲出。

但是，她不愿意相信。

定了定神，自在还是按响了门铃，这个小区已经全部应用了可视门禁，奇怪的是没有人应答，门却开了。

自在走进门厅，全部大理石风格的装修，地上一尘不染。电梯安静平稳迅捷，自在不过是长长地舒了一口气，就到了。

门开处，是顶楼，房门开着，看得见楼梯。居然是顶楼的复式房子。

自在站在门口，却不敢敲门。这样的豪宅，真的会是清戍租住的房子吗？也许，小陈只是恶作剧吧。

自在正要离开，里面一个听起来耳熟的女声软软媚媚地说："清戍，你去看看，好像有人敲门，大概是送水的吧。"

一阵踢踢踏踏拖鞋走动的声音，然后清戍穿着汗背心短裤的身影清晰地出现在自在面前。

"自在，你怎么找到我的？"清戍的语气中有一丝惊慌。

黄小姐却很镇定地走了出来："是展教练啊？找我们清戍有什么事吗？"

她的语气让自在觉得屈辱，好像被撞见不光彩一幕的是自己一样。

"自在，进来坐一下，你看你一身汗。"清戍尽量让自己显得自然一些。

自在的头发全湿了，整个人像从水里捞出来的一样，汗还在不断地冒出来。二十二岁的自在不知道该怎么应付这个场面。

自小学习武术的她，很善于见招拆招，但从来没有人教过她，这样的场面应该用什么招数来化解。

清戍见自在眼睛直勾勾地看着自己，却不言不语，有点着急。大热天，急火攻心，别把她气出什么内伤才好。

清戍上前一步伸出手来拉自在："乖，进来说话，喝点水，你看你这一头汗。"

黄小姐的脸色一变，这个清戍，搞什么飞机，明明已舍弃了女友，明明已搬进来和自己同居了，为什么对展自在还是一脸怜惜的表情？

自在被清戍一拉，身体有了本能的反应，她忽然一挥手，照着清戍的脸，狠狠地给他一拳。

这一拳，是不在任何人的计划里的，但却带着展自在的爆发力。清戍根本来不及避让，就感到鼻子一阵剧痛，两道鼻血不由分说地流了下来。

自在打完这一拳，也不说话，转身就走。

清戍捂着鼻子，想追上她，却被黄小姐拉住，"你不要命啦？再追上去，说不定她能把你打死，快关门！"

没等清戍反应过来，黄小姐已经"砰"地一声把防盗门碰拢了。

响亮的关门声，砸在自在的心上。

她知道，一切都结束了。

怎么回的上海，自在已经记不起来了，空调车里的冷风帮她收干了身上的汗，但她的脸却始终是湿的，泪水不停地从眼睛里流出来，止也止不住。

很多同学的校园恋情，都是在毕业之后烟消云散的，但是她和清戍，却辛苦地坚持了两年。

黄小姐的身上明明穿着睡衣睡裤，而清戍也是一副衣衫不整的样子，不用想象力也能得到一个十分明确的答案。

可言妈妈看那些婆婆妈妈的家庭伦理剧的时候，每次看见那些女人去捉奸，自在都会笑得打跌，今天，这一幕竟发生在自己身上。

跟清戍，就算没有山盟海誓，可早就彼此订下了未来，那些一次次憧憬过的美好生活，竟像肥皂泡一样不堪一击。

下意识地，自在没有回家，而是走到了向阳福利院的旧址，那栋设计十分时尚的写字楼里灯火通明。

周末，夜，大楼里几乎没什么人，保安也有点昏昏欲睡。

大楼的后巷，墙角里还有一树没什么精神的蔷薇，花期早就过了，只有几片叶子，更显得无精打采。

自在把自己藏在大楼的阴影里，想好好地痛哭一场，可是奇怪，到了无人的角落，虽然心里好像塞满了棉花一样地不舒服，眼泪却似乎流干了一样，再也挤不出一滴。

清戍是自在的初恋，所以这也是自在的初失恋，在生理本能地做出了流泪的反应之后，自在发现自己并没有什么大的变化。

难道，传说中的失恋也就是大哭一场而已吗？

据说，有的女孩因为和男友分手，会喝醉、自杀、自暴自弃，但此时的自在，心里却充满了愤怒和茫然。

接下去该怎么办？

刚才的那一拳算什么，分手的仪式吗？如果是那样，只给他一拳是不是太便宜了他？

跟清戍就这么算是结束了吗？

早就习惯了生活里有这么一个人，现在要把他怎么连根拔去呢？

还有妈妈，要是妈妈问起我和清戌进展如何，我要怎么回答？

没有人会像清戌那样爱我了，而他，居然选择了那个老女人。

大白天的，他们两个人穿成那样，到底都在干什么啊？还有那个女人，明目张胆地说"我们清戌"，她和清戌什么时候成了"我们"？！

可恶！

这是清戌对我的惩罚吗？惩罚我不跟他一起回苏州？

如果我重新回苏州去上班，他是不是又会回到我身边？

也许刚才不应该给他一拳，应该拉着他的袖子哀求他离开，这样也许清戌就会跟我走了吧。

要么，我把妈妈一起带到苏州去生活好了，以前怎么没想到这个办法呢？我可以和清戌一起照顾妈妈，上海的房子还可以收房租，我们的生活也是不成问题的。

只要我去认错，只要我顺着清戌的意思，他就还是我的清戌，一定是这样的。

"我还是觉得，你给他一拳合适得很，这种男人，你还要他回来干吗？"

自在的耳边忽然响起一个男人冷淡的声音，自在吓得跳了起来。

大楼的阴影里，一个男人正直直地站在自在的面前。

都市的夜晚亮如白昼，但男人不仅站在阴影里，还背着光，完全看不清楚面目。

自在惊魂未定："你是谁？你怎么知道我心里在想什么？"

"拜托，小姐，你一直在大声嚷嚷，不然你以为我有什么特异功能，可以听得见你的心声吗？你这个人，还真是没有脑子，难怪男朋友会跟别人走啊！"男人很明显地嘲笑着自在。

自在有点心虚，她知道自己在出神的时候，会有自言自语的习惯，这个人到底听见了多少啊？不过，男人那种明显在嘲笑她的口吻也将她激怒了，她两手叉腰，气势汹汹地走过去，质问他："你是谁，为什么在那里听别人说话？"

"我怎么听你的声音那么耳熟？我想一下，你就是上次撞倒我的那个女人吧，应该没错的。"男人侧着耳朵，好像真的在自己的记忆中搜索一样。

自在趁他侧着脸的时候，就着微弱的光线辨别了一下。

可不就是他，那个长着一张天使的面孔，自我感觉超级好的无聊男。

"是你！"自在几乎要咬牙切齿了，今天一天的不爽一下子全爆发出来。

"喂，你干吗？"男人感觉到自在咄咄逼人的气势，"我只是路过这里，听见有人在大声地说话，一时好奇过来看看，没有别的意思，我要走了，你一个人慢慢聊吧！"

男人回转身，侧着脸听了听声音，慢慢地走了出去。

"等等，你认为，我打他一拳真的没错吗？"自在忽然微弱地提出了一个跟她的气势完全不搭的问题。

这是她第一次失恋，却连个可以商量的人也没有，身边这个完全陌生的男人，也许可以给出一个不错的建议呢。

失恋的人们经常希望从别人那里听到一些意见，这其实也是在本能地寻找心理安慰。

"对啊，很明显，如果他还想回到你身边，他自然会来找你，如果他决定选择别人，你打他一拳，也是他应得的。"

"我刚才居然说了这么多吗？"自在暗暗吃惊。

"是啊，说的我好像身临其境一样。不过，你的说书能力蛮强的，所以我才会不由自主多听了几句。小姐，你这么多才多艺，不要怕没有男人爱你。"男人似乎笑了笑。

这个人，好像是在安慰我？

自在低头略一沉吟，再抬起头时，整条后巷已经没有了那个男人的身影。

这个人，难道竟是随风而去的吗？

自在忽然打了一个寒颤，黑暗的后巷，还堆了不少杂物，他是怎么快速地走出去的？要么他有夜视眼？要么，他不是人类？

一阵凉爽的夜风吹来，自在闻到一种十分淡雅的香气。

不知什么时候，那个男人将一个小小的纸包塞在自在的手里，是洁白的宣纸包着的一小包茶叶。在一茶一坐担任茶艺师的自在认得出来，是铁观音，纸包上用蝇头小楷写着两个字——忘忧。

两个字被一心二叶的图案包裹着，显得很有古意。

自在又打了一个寒颤。

太诡异了，这个人到底是干什么的？对了，好好想想，那天下午遇见他的时候，他有影子吗？

自己吓自己，效果最为强劲，能把200斤重的程建国从肩头甩出去的展自在女侠，居然害怕起来，忙不迭地逃离了那个自怨自艾的无人角落。

那一小包被命名为"忘忧"的铁观音茶，自在在第二天上班的时候跟水吧的伙伴们一起分享了。

小小的一泡茶，能泡到十泡，在天蓝釉的奉茶杯里，汤色显得特别清润，清雅的兰花香包裹在茶汤里，让人心旷神怡。

这茶也许真的是可以让人忘忧的，跟清戎的分手，好像不那么难过了。

"小姐，你这么多才多艺，不要怕没有男人爱你。"

看起来很平淡的一句话，被那个天使一样的男人说出来，好像一帖热乎乎的膏药一样，贴在了自在的伤口上。

♣ Chapter 04

自在感动得说不出话来，曾经期待
过的幸福生活，一下子全部出现在
面前了。原以为失去的，又回来
了，而一直压在她心头的疑问，也
迎刃而解。难怪可言会接受手术，
一开始她就知道是谁付的钱。
自在的心里隐隐有点不安。
为什么把自己家的困难晒到别人的
面前呢?

"展自在，我来收快递了。"

快递员小孙招呼着正在茶水吧里收拾茶具的自在。

"今天只有三件。"自在将一个纸拎袋递到小孙手里。

"你这个网店的生意好像不怎么好啊，你要不要别卖茶叶了，还是去批点衣服小饰品之类的来卖？你别看我是收快递的，这方面信息很灵的，你看我放门口的那一麻袋，都是一家做服装饰品的网店发的货，他们的生意好得不得了啊。"小孙一边填着发件单，一边跟自在闲聊。

"算了，那些我做不来，也没那么多时间去办货，我还是在我的小店里卖点我自己擅长的东西比较好。我不跟你说了，来单子了，我要泡茶了。"自在冲小孙挥了挥手，转身去洗手。

每次为客人泡茶之前，自在都会习惯性地把手洗一洗。

她很喜欢在茶水吧的工作，安静，充实，尤其是当开水与茶叶亲密接触的时候，一股淡淡的幽香浮动起来，再忙碌的时候，也会因此觉得悠闲和恬静。

秋渐渐深了，点茶的客人多了起来，静静的下午，看着明亮的窗边坐着的客人，有的在闲聊，有的一个人看书上网，淡淡的背景音乐，悠然的茶香，自在会觉得，生活还是美好的。

最近，自在只有在店里的时候才会觉得轻松。

可言妈妈恢复了不少，在家里已经可以比较自由地走动了，把饭菜放到微波炉里加热，已经不在话下，有时她还会帮自在把菜择好，洗干净，等自在回来烧。不过，病后的她，变得十分依赖自在，每次自在回家的时候，她都会松一口气，好像生怕自在不回来一样。

跟清戍的事情，自在并没有和妈妈明讲，但清戍既没有来过，也没有来电话，可言自然是有一点明白的。

有的时候她会忍不住试探自在："我现在差不多可以自理了，你看，你要不要回苏州去？跟老板好好说说，他一定还会录用你的。"

"妈，我跟你说了，我不会再回苏州去了。你看，我现在还开了网店，等我们的生意好起来，我给你请一个钟点工，好不好？"自在不想多谈，她并不怪可言，留在上海照顾妈妈，是她自己的选择。

"那你不回去，清戍怎么说？他会不会来上海工作？"可言终归是不放心的。

"清戍在苏州工作得好好的，为什么要来？妈，这些事情你就别问了，我会处理。"自在尽量地轻描淡写。

"自在，都怪我，是我拖累了你，我……"往往说到这种时候，可言就会哽咽起来。

"妈，你又来了，我去打工了，你别胡思乱想哦。"自在最受不了这种场面，站起身走了出去。

家里的气氛不是很好，自在更加没有办法开诚布公地告诉可言——妈，我们分手了，以后你不要再问清戍的事情了。

她不希望可言一直表现出那种诚惶诚恐的自责态度。

有的时候，可言还会说："当初我要是没有领养你就好了，我没有给你好的生活，现在还成了你的负担，自在，我真的对不起你！"

这样的话，让自在更加觉得窒息，她很怀念那些无忧无虑的日子。

她并不贪图物质生活的享受，但是病后的可言，敏感卑微，小心翼翼，这样的气氛压得自在喘不过气来。

没有血缘的母女关系，在自在看来，跟别的母女关系并没有什么不同，她早就把可言当成了自己的妈妈。可是可言，却越来越不自信，连带着对自在也产生了一些怀疑。

母女间不断的对话，是在增加可言的安全感。

自在知道，因为这一场大病，磨折了可言的信心。

但自在自己，也经历着前所未有的痛苦。

经济上捉襟见肘。病后的可言将管家的责任交给了自在，而自在，在应付完一张又一张的账单医药费单之后，认识到了自己收入之微薄。

跟清戎算是彻底了断了，他不再出现，可自在却会忍不住思念他。

除了失恋的折磨，还有对自己前途的担忧，就这么做做一茶一坐的兼职，做做钟点工，过一辈子吗？

上学的时候，自在拿过全国武术比赛的冠军，她对自己，不是没有要求的。

可现在，不管是事业还是爱情，她都看不见出口。

所以自在只能走出去，找个地方透透气。

走出小区没多久，手机响了，是家里的电话，"自在，你快回来，我好像又不行了。"

自在赶回家的时候，可言瘫坐在沙发上，已经灵活一点的左手左脚又变得僵硬了。自在知道不妙，赶紧将她送进了医院。

"自在，你妈的这一根血管特别细，我上次就说过，会有反复发作的可能，你还是尽早安排她做一个支架的手术吧。"

"医生，做这个支架的手术，要多少钱？"自在犹豫了一下，轻声地问。

"国产的便宜一些，进口的贵一点，总要准备5万到10万，术后还要吃很长一段时间的药，你回去跟你爸爸商量一下。"

自在谢了医生，沉重地走回病房。

爸爸?

不管是生自己的爸爸还是养过自己的爸爸，都没办法跟他们商量了。

可言刚刚有点红润的面色迅速憔悴了，穿着病号服的她，显得凄凉而无助。

到哪里去筹这么大一笔钱呢?

自在看着可言的脸，在心里盘算着，也许只有把房子卖掉这一条路了。

幸好还有一套房子。

虽然小，但因为地段还算不错，大概能卖个40万吧，隔壁的刘婶前几天就是这个价钱卖掉的。

不过，现在房价一天高过一天，这套房子卖掉，以后可能就再也买不起房子了。自在有几个外地留在上海的同学，每次说到租房子的事情，都恨到咬牙切齿。

居无定所。

别人能过的日子，我也可以吧。

自在下了决心，第二天就跟可言讲了自己的决定。

听说要卖掉房子，可言的情绪立刻激动起来，不断地挥着手表示反对，甚至打算拔掉正在输液的针头，立刻回家。

"妈妈，你不要发急呀，卖了房子我们就可以用最好的药给你治病，等你全好了，我们还可以再攒钱买房子。"自在说来说去就是这么几句，她不知道该怎么安抚可言的怒气。

"我……不想治了……我们……回家吧……你也不用再管我了!"

可言几乎是用尽了全身的力气说出这几句话来。

可言用比较灵活的右手抓过床头上的纸和笔，写下几句话，"我跟你登报脱离母女关系，你不用再管我的事情了。房子，我坚决不卖！"

自在看着字条上可言歪歪扭扭的字，双手忍不住颤抖起来，她没有想到自己的一片好心居然给可言带来这么大的火气。

扔下字条，自在终于控制不住，跑出了病房。

"302床，你也真是的，女儿还不是为你想，你何必生这么大的气？"隔壁床的阿姨试图劝慰可言。

可言摇了摇头，筋疲力尽地叹了口气。

床边上，自在的手机滑了下来，奔出去得匆忙，自在连手机也忘了拿走。可言看了看自在的手机，按响了床头的护士铃。

自在和可言陷入了冷战，自在每天来的时候，可言都不说话，如果自在试着跟可言聊天，她就会闭目养神。自在只能交待护工仔细照顾可言。

一周后，医生联系自在，说可言支架手术的时间已经安排好了。自在有些为难，可言不愿意卖房子，所以手术费还完全没有着落呢。可是医生的回答却让自在十分吃惊。

"你哥哥不是已经把钱都付了吗？上周就付进来了，他让我们全部用进口的材料，说钱不是问题。你哥哥真不错，很孝顺啊。"医生拍了拍自在的肩膀，欣慰地走了出去。

自在却是一头雾水，她得出的结论只有一个——一定是别人付钱付错了。

他们家可没有这么有钱的哥哥，就算是别的亲戚，也因为当年爸爸的病而疏远了。自在记得可言妈妈为了借钱遭受的那些白眼。

"没办法，孩子还太小，我的收入又低，不然我也不会向你们开口。"

每一次妈妈都会这样开场。

"你们也真是的，这个孩子又不是亲生的，把她还回去好了，也好省一笔开销。"

就因为是跟他们完全没有血缘关系的人，那些所谓的亲戚会这样当着面说出残忍的话来。

所以她情愿卖掉房子，也不会再次向他们开口借钱。

但是收费处那边却是核对得一清二楚的，的确是为可言付的钱，一共预付了十万块在账户里，不仅手术，连术后的医药费也考虑进去了。

自在问可言，可言也是一问三不知。也许是求生的本能吧，宁愿选择房子也不肯动手术的可言，却愿意接受这不明不白的十万块钱。

虽然自在反对，但可言还是如期接受了手术。

手术的那一天，自在在手术室外的走廊里焦急地等待着，谜底也一步步向她走来。

手术刚开始，清戌就匆匆地赶来了。

"自在，你妈妈怎么样？已经进去手术了吗？"

"你怎么会来？"自在已经很久很久没有跟清戌联系了，是谁告诉他，妈妈今天手术？

"你妈今天手术，我怎么能不来呢？"清戌一脸诚恳，让自在十分温暖。毕竟，是自己爱了三年的男人，感情没有办法说断就断。况且，在自在最需要安慰的时候，他挺身而出。

难道，付手术费的是他？可他，哪里来这么多的钱？

清戌紧紧地抓住自在的手，那种感觉就好像两人恋爱时候一样，那种感觉，就好像那个惊心动魄的下午从来没有来过一样。

自在不可置信地看着清戌，她狠狠地掐了自己一下，很痛，不是梦啊！

"自在，你妈妈打电话给我了。我来看过她，她说等她出院以后，就让你回苏州去工作，我跟你妈说了，只要她愿意，我们可以租一间房子，跟她一起住，这样你也能照顾她，好不好？"清戌温柔地看着自在。

"妈妈，她也同意吗？"这一切更像一个梦了。

"嗯，她说，她很对不起你，只要你愿意，她怎么样都行，你妈妈真的很为你着想啊。她还说，你是个很孝顺的女儿，为了给她治病，甚至愿意卖掉房子。自在，你真的是我见过的最好的女人。"

自在感动得说不出话来，曾经期待过的幸福生活，一下子全部出现在面前了。原以为失去的，又回来了，而一直压在她心头的疑问，也迎刃而解。难怪可言会接受手术，一开始她就知道是谁付的钱。

自在的心里隐隐有点不安。

为什么把自己家的困难晒到别人的面前呢？

"清戌，医院的手术费是你付的吗？你哪有这么多的钱？"

"手术费？哦，那十万块钱，是，是我爸妈本来存着给我结婚用的，算是我先跟他们借的吧。"清戌迟疑了一下，这么回答。

"你爸妈借的啊，我就说嘛，你哪里有钱。清戌，你放心，我一定会慢慢存钱还给他们的。"

"急什么，那是我的老婆本，只要你给我当老婆，你拿自己来抵债不就行了？"清戌搂住自在，她的腰纤细而结实，充满了活力。汪清戌长长地吁了一口气，有一种心满意足的感觉。

看到这里，各位一定会很着急地催促自在，问问他，问问他那天下午到底是怎么回事，他怎么会和黄小姐在一起？两个人难道不是在那套复式的房子里同居吗？这么多天为什么不来解释？

展自在，不要忙着陶醉，赶快把这些重要的问题搞清楚啊！

可是，各位，没听说过恋爱中的女人都是比较愚蠢的吗？更别说人家汪清戌还提了十万块钱的老婆本给自在的妈妈付了医药费呢，如果不是真的爱她，你觉得他会这么做吗？

你为了你的女友，会帮她妈妈支付十万块钱的手术费吗？

十万块诶，可以买一辆不错的汽车，可以让一个人舒舒服服地在上海生活两年，一个月入5000元的白领，要工作20个月才挣得到，而要攒下十万元，没有个三五年估计是不可能的。

综上所述，等在病房外面的展自在放下了心头的一块大石，带着甜蜜的心情等来了成功手术之后的可言。可言的麻醉还没有过去，被送进了监护病房。

自在和清戌一起等在外面也没有用，自在让清戌先回去，自己在外面守着。

接下来的几天，清戌每天都会打电话来，每次接过他的电话，自在都会笑着走进病房。那种小儿女的甜蜜，让病房里的三位病人也觉得春风荡漾。

"你们家女儿什么时候结婚啊？要给我们喜糖吃的哦。"

"一定。"可言笑得合不拢嘴。

做母亲的很有意思，自己做新娘子的时候还是比较含蓄的，女儿要结婚，她是顶顶兴奋的，好像是她自己要结婚一样。

"喜酒哪里办啊？"

"终归苏州吧，他们家亲戚多，我们家没什么亲戚，她爸爸又不在了，让男方安排好了。"

"妈，你不要搞好不好？人家清戌又没跟我求婚呢，你这样讲，会被人笑话的。"自在被可言弄得红了脸，心里却很甜蜜。

那种亲密无间的母女感觉，一下子又回来了。

俗话说，穷家百事哀，自从手术费的问题解决了，好像什么事情都顺了起来。

就连自在的小店，也兴旺多了。

　　自在在茶叶市场找到一种80块钱的铁观音，仔细地喝了，味道很醇和，她用真空袋5克一袋装起来，每50克放进一个小铁盒，卖20块钱一盒，生意特别好。自在还去定制了一批标签，她把那张纸上写着的"忘忧"二字作为logo印在标贴上，自己看着都觉得很有文化的样子。

　　自在觉得，那晚收到的那一小包铁观音和这"忘忧"二字就好像是她的幸运符，而那个神秘的男人，不知道会不会再次偶遇呢？

♣ Chapter 05

那种四肢都被抽掉的感觉还在，人觉得软软的，也许是因为爱情一下子跑光了，身体变得空虚了吧。

只是一瞬间，自在发现自己对清戌的爱，因为信任感的消失而完全归零了。

　　"自在，你才刚毕业，就准备结婚，会不会太早了啊？"店长晓燕一边帮自在一起清洁茶水吧的台面，一边跟她闲聊。

　　"晓燕，你是不是嫉妒啊？现在的大学生流行一毕业就结婚，这叫毕婚族。"路过的叮叮打趣晓燕。

　　自在也不反驳，笑嘻嘻地擦拭着一只美人壶。

　　"你看看，现在说她什么都没反应，女人呐。听着礼堂的钟声，我们在上帝和亲友面前见证，这对男女生就要结为夫妻，不要忘了这一切是多么的神圣。"叮叮念着歌词，笑着走开去。

　　"神经，自在，不要理她，她就是这样，不过我们都为你高兴的。"

　　"可是，我真的不好意思一直这样麻烦大家。你看，上个月你才把我从苏州调回来，下个月我又要调回苏州去了。这一年里面，我已经来来回回好几次了。"

　　"这有什么的，你们家出了这么多事情，我们都替你捏了一把汗呢，现在总算柳暗花明，也让我们舒了一口气。要不是你要去苏州生活，我才不愿意放你呢，真的。"晓燕宽慰自在。

　　自在的家里，很多东西都打了包，房子要租给别人住，私人的物品能带走的带，不能带走的锁进储藏室里。

其实，也没什么重要的东西，无非是看过的书穿旧的衣服，但自在和可言都是念旧的人，要丢东西的时候，拿起这件又舍不得那件，最后只能把储藏室塞得差不多要溢出来。

这个下午，自在在做最后的整理，站在空荡荡的房间里，想到自己从此就要到苏州去生活了，不禁有些唏嘘。

墙上，东西都拿掉以后，露出一个个黑色的框框，有电视机的痕迹，衣橱的痕迹和像框的痕迹。

像框里，原来放的是自在获得全国比赛冠军的奖状。靠一套双剑，自在获得满场的掌声。那一年她20岁，清戌把她比赛的场景全部录了下来，这张盘现在就在自在的手里。

整理东西的时候，往日的回忆会不请自来，自在忍不住把光盘塞进影碟机里，看了起来。

比赛的时候自在一身白，配两个金黄的剑穗，在空中一个旋子，两把剑幻化出两道夺目的白光。这个动作练了整整三个月，才达到教练的要求。

小学三年级，路过体校的训练场，看别人在里面学武术，半天下来，里面的学员还没学会，外面的自在已经像模像样地练了起来。

后来，一放学，自在就去围墙外面偷师，就这么被体校的教练发现了，成了运动员。不知不觉练了十二年。

学校毕业之后，一身的武艺没了用处，只能在一茶一坐打工。

清戌说了，等在苏州安定下来，再去求求张经理。也只能走一步是一步了，同学里面也有拿过南拳冠军的，现在在电脑城推销手机。

学以致用，在拥挤的求职人潮面前，显得太过奢侈了。

赛场上，自在一抖剑，一声龙吟，现实中的自在也因此从茫然中清醒过来。

打起精神，明天，会是新的一天！

自在拿出光盘小心收好，身后的门铃在此时粗鲁地响了起来。

有些人按门铃，是轻轻地优雅地一触即放，所以门铃的声音听起来也是很有礼貌的。

有些人则不然，会狠狠地按住门铃，连续不断地按好几下，门铃受到这样的惊吓，也会声嘶力竭起来。

难道租房子的人提前来了？

自来连忙扑过去开门，门外站的是久违了的黄小姐。

"你这是什么房子？连个电梯也没有？你看看你们家，还真不是一般的穷啊，这么一点点大，跟我的衣帽间差不多。"黄小姐一边走进来，一边挑剔地看着自在和可言的家。

幸好可言在医院输液，不然真会被她气得昏倒。

展自在惊讶地看着这位不速之客。

"怎么，很惊讶吧，我今天来，还有你更惊讶的事情要告诉你呢。"黄小姐环视一周，使劲地拍了拍自在家的沙发，然后不情不愿地坐了下来，好像他们家的沙发已经几百年没人用过一样。

进门都是客，自在也不想怠慢她："给你泡杯茶吧？"

"不喝，我自己带了。"黄小姐从昂贵的爱马仕包包里拿出一瓶碳酸饮料。

这样的一瓶饮料相当于拳头大小的一块肉的热量呢。

她还说在减肥，你信不信？

"我不是来跟你叙旧的，有东西给你看。"

在自在面前摊开的是一张借条，清戍的十万块，竟然是跟她借的。

"我不知道他是怎么告诉你的，不过那天你妈妈打电话给他，我就在边上听见了。你们母女可以啊，女儿不行了，妈妈来救场，我们清戍是个好人，一听说你们家的惨状，当时就拍了胸脯，说医药费的事情他来搞定。"

自在不卑不亢地把欠条还给黄小姐，"反正是借债，借谁的都一样，我们会慢慢还给你的。"

"有志气！难怪他喜欢你，不过我今天来是把借条还给你的，我本来就没打算借给他，那一点点钱，是我送给他的。"

黄小姐笑了笑，不屑地看了看自在窄小的家。

"我跟你的境界不一样，十万块，不过就是一只包的价钱，我不在乎，再说清戍已经用他的方式还给我了，所以今天我是来还借条的。我们已经两不相欠了。"

自在气得涨红了脸，但很快又平静下来，黄小姐说的没错，她是有钱，虽然事实让人生气，但事实就是事实，没什么好计较。

"这十万块的借条，是你和清戍之间的事情，既然他没告诉我，那么我也尊重他的意见，我不方便过问，你把它收起来，去跟他交涉吧。"

"呵呵，好一句尊重他，你就不想知道他是用什么办法还了这笔钱的吗？"

"有一天他觉得可以告诉我的时候，自然会说。"

"不要把自己说得那么伟大，来，我放一段录音给你听听。"

黄小姐把她的手机放在茶几上，开到免提。

是一段男人和女人的对话。

"怎么样？你又没什么损失，还能把欠债一笔勾销，这么便宜的事情你也不做吗？"

"这样我觉得对不起自在。"

"切，装什么清高，我们又不是没有做过。"

"那不一样，以前我们在一起的时候，是我决定和自在分手的时候，现在我改了心意，打算和她一辈子在一起了，怎么还能和你……"

"那就算是告别分手的仪式怎么样？我对你也算是不薄，你走出去问问，有几个人愿意马上捧出十万块送给你？"

"我写了借条。"

"我跟你，有什么借不借的？那，借条在这里，你撕掉好了，傻瓜，你到哪里找得到像我这样实心实意对你的人？"

男人不知道怎么，忽然笑了，"呵呵，你这个人……"

一阵沉默之后，声音变得含混不清，然后忽然不堪起来。

拿起那只电话，把它扔出去吧。自在在心里这样命令自己，但手脚却软绵绵地使不出一点力气来。

很快，录音里传来手机的振铃声，那振铃声还是自在替清戌选的，怎么会不熟悉。然后振铃声戛然而止。

"干嘛关我的手机？"男人喘着气说。

"等几分钟回过去又不会死。"女人的声音听起来是含着笑意的。

是的，昨晚，九点多钟的时候，自在打过电话给清戌，他掐了电话，半小时之后回了过来，说当时正在上课，不方便接。

黄小姐关了手机，又在自在心上戳了一刀，"这之后他回给你，说他因为在上课掐了你的电话，对不对？他打电话给你的时候，我在厨房倒水喝，全听见了。"

展自在只觉得全身的血都冲到了头上，让她无法思考。

清戌不是这样的人，他怎么可能和别的女人刚刚结束那样的事情，又若无其事地打电话来？

昨天的电话里，他的声音很正常很镇定，没有任何的蛛丝马迹让人质疑。

"可怕吧，男人可以把自己隐藏得这么好！"黄小姐一脸同情地看着自在，"展小姐，若是论起打架来，你的身手我很佩服，但是说到跟男人相处，我的段位可比你高多了。清戌这样的男人，凭你，还真是搞不定的。"

留下那张借条，丢下神色木然的情敌，黄小姐飘然而去。

进门没有问候，离开也没有道别，本来她就是来挑衅的，你以为她是来拜访朋友吗？

自在回过神来，第一件事就是开始拆开那些刚刚打好包的东西。

这种事情，有些人可以忍耐，但这样的事情，自在没有办法当它没有发生。

可言回来的时候，发现家里比走之前更加乱了。

"自在，怎么把这些箱子都打开了？明天早上我们不是要走吗？"

"妈，我想过了，我们还是住在上海比较好，你复诊的时候也方便一些。"自在淡淡地说。

"是不是跟清戍有什么不愉快的事情？我打电话去跟他讲。"可言狐疑地看着自在。

"妈，以后不要随便给我的朋友打电话！"自在赌气地扔下这一句话，跑了出去。

"你，你怎么可以这么说！"可言也很生气，但还没发作，自在已经跑得不见踪影了。

再不跑出去，眼泪就要掉下来了。

这种事情，自在没有办法跟可言讲清来龙去脉。

她甚至没有勇气去跟清戍对质。

清戍跟自在，在某种意义上，还没有清戍和黄小姐走得远。

但即使是没有经验的展自在，也听得明白，那些不堪的声音代表了什么。

自从在医院里和好了以后，清戍和黄小姐的关系，自在一个字也没问过，她想，那只是一段过去式。

但是当过去式这么清晰地呈现在她面前的时候，她发现自己原来是承受不了的。

妈妈手术那天，清戍奇迹一般地回归，自在本已经决定，对过去视而不见，不问、不想、不恨。

现在，她恨得要命！

可是，恨却无处发泄。

手机一遍一遍地响着。

清戍大概已经到了家里了，摊在茶几上的那张借条，他应该看见了吧。

这样也好，不用当面说什么了，就这么分开也好。

可是，偏有人不愿意就这么简单地结束。

"自在，我到处找你，你怎么跟你妈吵架了？"清戍找了过来，拉住自在，"你怎么了，又耍什么小孩子脾气？"

自在转过身来，看着面前的人，觉得十分陌生。

清戍的身材十分标准，宽肩膀、细腰身，从小学游泳的他，称得上健美。

黝黑的肤色，单眼皮，薄嘴唇，曾经是自在看不厌的长相。

如今，却把自在吓得倒退了两步，"你，是你，你怎么来了？"自在尽量走开一些，免得清戍碰到她的身体。

在他的身上，忽然散发出一种轻浮的味道。

"自在，你是不是吃错什么药了？我今天是来帮你们搬家的啊？"

"我问你，你为什么要回来找我？"

"小傻瓜，我爱你，我舍不得你，你到底要我说多少遍？"清戍并没有注意到自在异常的神色，也许是自在掩饰得很好？或者，他根本就没有用心？

"昨天晚上你带了什么课？"自在又问。

"昨天是黄小姐的健身课啊，我不是跟你说了吗？"清戍神情自若地回答。

自在叹了口气，心里更加失望，真的，完全看不出来他在撒谎，这么多年的感情，自己却连他有没有撒谎也看不出来。

"今天黄小姐来过了，她全部告诉我了。"自在挥开清戌伸过来的手。

清戌一惊，向后退了一步。

"你放心，我不会再打你了，我已经没有打你的兴趣了。汪清戌，我们结束了！"自在淡淡地说。

那种四肢都被抽掉的感觉还在，人觉得软软的，也许是因为爱情一下子跑光了，身体变得空虚了吧。

只是一瞬间，自在发现自己对清戌的爱，因为信任感的消失而完全归零了。

"我为你做了这么多，你就因为那个女人几句挑拨离间的话跟我分手？我跟她只是逢场作戏，我可以发誓，我爱的只是你一个人。"清戌拦住自在的去路，大声地表白自己。

"对不起，我决定了，我们分手，好吧？"自在低低地说。

"好啊，展自在，你跟你妈是串通好的吗？没钱做手术的时候，你妈打电话给我求我帮忙，我借了钱来帮你，我为你付出这么多，好，现在你们家的难关过掉了，你这是卸磨杀驴啊！展自在，没那么便宜的事情，我也不是召之即来挥之即去的人！"清戌一把抓住展自在的手，面部的表情变得十分狰狞。

"那么，你要怎么样？如果你喜欢用身体偿还的方式，那好，我给你就是了！"自在也不挣开，冷淡地说。

"展自在，你这是羞辱我？我是跟她上了床，但那也是为了你，十万块，你以为我可以到哪里去弄来？我们家也不比你们家富裕多少啊！"

"不，我气的不是这个，我气的是我自己。你当着我的面撒谎，我却完全看不出来，这样的我，没有办法跟你一起生活。清戍，没有了信任，我们怎么在一起过一辈子？就算你跟她借了钱，就算你跟她上了床，如果你一早告诉我，我会理解的，可是，你对我撒谎，你为什么对我撒谎？"展自在再也无法控制自己，大声地吼叫起来。

撒一次谎，就会用几千几百个谎来圆，还怎么互相信任？

虽然成人的世界里，充满了谎言，但是展自在却无法接受。

尤其是自在这样的年纪，爱情是十分神圣的，在爱情的字典里，欺骗是最大的一宗罪。

她甩脱汪清戍的手，大踏步地往回走。

把胸中压抑的怒气发泄之后，她发现力气又回来了，四肢又有劲了。

是的，分手就分手吧，失恋就失恋吧，大不了一个人过一辈子。本来，在这个世界上，我就曾经是一个孤零零的人，连父母都在一夜间失去了，还有什么可怕的！

汪清戍试图跟在她后面再为自己辩解。

自在停下来，用手指着他，大声地说："你再向前一步，我就不客气了。"

清戍摸了摸自己的鼻子，迟疑地站住了。

"十万块，我会还给你，加上银行的利息！"

♣ Chapter 06

爱情的挫折让人恍若隔世。
而我们，也就是在这一次次的不顺
利中渐渐感到自己的成熟。
这和压在石头下长出来的小草比周
围平地上的更加强壮，是一样的道
理。

　　在扔下那句豪言壮语之后，已经一个月过去了。

　　每天，天好像都是阴的。每天早晨，自在都醒得很早，躺在床上就会想起，自己欠了某人十万块，而她，还没有想到挣钱的方法。

　　一茶一坐已经没有再去了，网上的小店也长满了草，自在连打开电脑查看订单的力气也没有了。

　　清戌并没有来追讨自在信誓旦旦要归还的十万块钱，这个人就这样从自在的生活里消失了。

　　关了手机，不上网，不出门，原来也可以生活。

　　要说消极，也不是，每天自在都很忙。

　　她买了油漆，自己动手刷了墙；用板刷和清洁剂，把卫生间和厨房的瓷砖擦得焕然一新。

　　床单、窗帘、沙发套全部洗了一遍，储藏室里那些不舍得扔掉的旧物，也毫不犹豫地全部扔掉了。

　　这一天，在擦完窗户之后，自在正跪在地上给地板打蜡，又有人敲门。

　　是晓燕，手里还拎着水果。

　　"原来你在大扫除啊，难怪这一个月，就好像失踪了一样。"

苏州的门店那边，自在打电话去辞了工，跟上海这边的门店也没有了关系，自在不知道该怎么出现在大家面前。

"你们好，我回来了，我没结成婚，让大家见笑了！"难道就这么和大家打招呼吗？拜托，又不是拍偶像剧。

那么大鸣大放一脸甜蜜地喊着口号打算奔向幸福新生活的，却在起点上就狠狠摔了一跤，摔得灰头土脸，怎么见人？

所以见到晓燕，自在十分尴尬。

尤其是现在的她，穿着旧运动服，头发因为出汗，凌乱不堪，有几缕还黏在脸上，真是要多不堪有多不堪。

晓燕放下水果，爽快地卷起袖子，"打蜡啊，对减肥最有效果，我来帮忙。"

一个月前宣告失踪的展自在，本来说好要去苏州的店里上班，却只来了一个电话，就不见了。晓燕本以为她找了别的工作，忙得不见踪影。

却被苏州店的伙伴看见清戍和一个胖胖的女人勾肩搭背在一起。

"展自在？不要跟我提那个女人，我和她没有关系了。"清戍这样回答了伙伴的质询。

至于那个胖胖的女人，一身的名牌，看起来很嚣张。

苏州城又不算大，很快大家就知道，清戍和一个很有钱的女企业家走到了一起，据说已经在筹办婚礼了。

晓燕是受大家的委托来探望自在的，这一会儿已经若无其事地抢过自在手上的海绵，用力地打起蜡来。

"自在啊，我被调到龙之梦店去了，你听说了吗？我们在龙之梦开了两家店，同场竞争，我可是在招兵买马啊，怎么样，回来帮我吧，我需要一个有经验的值班经理。"

"我，"自在有点动摇，但是还是迈不开步，"还是算了吧，你也知道，我现在网店的生意好得很呢。"

"我知道，现在大学生很流行自己开网店创业，这又不冲突的，业余时间你照样开你的网店，休息天去进货不就行了？"晓燕也不看自在，蹲在地上熟练地做着打蜡的活。

其实，晓燕已经去浏览过自在的网店了，明显的，这一个月她几乎没有料理过店里的事情。

跟清戎之间，到底发生了什么，晓燕不知道，但是这个打击让自在十分沉沦，是分明的事实。

所以，她才会冒昧前来拜访。

自在也蹲下去，抢晓燕手上的海绵，"还是我来吧，怎么好意思让你这个客人动手？"

晓燕直起身，叹了口气，"唉，还是蛮累的，缺乏锻炼啊。不过自在，你说我是客人我可不承认哦，你忘了，进店的第一天我们学过什么？每一个伙伴都是家人，虽然我们做得还不够，但是我们都是自己人，没什么好难为情的。"

自在有点哽咽，"晓燕姐，我，不知道怎么回去。"

"不用回去，我们是要重新开始。每一天，过去就过去了，怎么可能回得去？"晓燕忽然说了一句很有哲理的话。

自在细细地咀嚼这句话的意义。

"自在，这句话不是我说的，是我的师傅说的。当年我在一茶一坐创店的时候也是兼职打工的身份，大学毕业以后我找了一个自己觉得更有前途的工作，于是就从店里辞职了，可是那个工作我干得很不开心。有一天，我的师傅到我工作的那家店里来吃饭，那时候的一茶一坐已经发展到十几家店了，我的师傅也成了公司的高管，他遇见我，主动跟我打招呼，走的时候他说，晓燕，在外面不开心了，随时可以回店里来。"

"那你就回去了吗？"

"没有，我也是觉得没脸回去啊，这不就证明我在外面混得不行吗？再说了，我怎么知道他不是说的客气话？"

"那后来呢？"

"后来，师傅回去以后，真的让人事部门的人打电话给我，谈岗位和薪资的事情，他看出来，我在外面做得不开心。所以，我回到了店里，做到现在，已经六年了。"

"这个故事我们都不知道诶。"

"呵呵，当年，这个故事几乎每个门店都知道，但是你看，渐渐的，大家就去谈另一些新鲜的事情了，时间会冲淡一切嘛。"晓燕很实际地宽慰着自在。

自在送晓燕下楼，晓燕将一张名片塞在自在的手里，"这是人事部的电话，随时想来了，打电话给他们。我已经帮你申请了晋升值班经理的考试，考试通过，就来上班。要是通不过，还来做外场的伙伴，这一点我可不会通融的。"

晓燕给了自在一个鼓励的微笑。

人真的是群体动物，一个人缩在角落里，舔着伤口，心情会越来越灰暗，好象全世界的委屈都让自己遇上了。可是如果别人将通向外界的门打开，把你拉到门口，你又会受到鼓舞。

天原来是晴的，只是我自己没有看见而已。

阴郁的情绪不知是什么时候来的，但就像久雨之后的放晴一样，阳光会在瞬间洒满每个角落，让你觉得敞亮。

可言和黄伯伯都在小花园里和邻居聊天，自在走过去，他们并没有看见她。

"我们家自在真是作孽啊，我这一场病生得不是时候，把她的前途都给毁了，工作也丢了，男朋友也分了。真的，我对不起她，要是那天就一脚去了也就算了。"可言唉声叹气。

"哦哟，自在姆妈，话不好这样讲的，你们家自在是乖小囡，很懂事的，你舍得把她一个人孤零零丢下来？我看你现在越来越精神了，你们家那点霉运总归也走得差不多了。"邻居的胖奶奶好心地劝慰着可言。

但可言的脸上却还是阴云密布。

自从那天和清戎分手之后，自在几乎没有跟可言交谈过，可言看见了茶几上的借条，也听自在讲起过健身俱乐部里有一个有钱的黄小姐很看得上清戎，以可言的人生经历，猜也猜得出发生了什么。

以前的戏文里，落魄的书生撇下原配跟有钱人家的女儿结了婚的故事太多了，而这一次，清戎的叛变，归根到底还是为了那十万块钱的手术费。

"以后，你不要再给我的朋友打电话。"可言记得那天自在气呼呼扔下的那句话。

给清戎打电话，本来是想让清戎把自在带回苏州去，没想到帮了倒忙，这年轻人谈恋爱的事情，以后真的不能乱插嘴了。

可言悔得很，不知道怎么跟自在缓解目前的尴尬。

七嘴八舌发表着议论的阿姨妈妈们忽然安静下来，原来是自在笑盈盈地走了过来。

"妈妈，明天我要去公司参加晋级培训了。"自在亲热地跟可言打招呼。

久违的笑脸让可言如获至宝："好的好的，你放心去，我没事情的。"

黄伯伯也说："要上班了？恭喜啊，太好了，你妈妈我们会帮你照顾的。"

看着大家欣慰的笑脸，自在觉得自责，何必让年迈的家人跟着自己忧愁伤心呢？如果一个笑脸，可以让长辈放心，就算强作欢颜也是值得的啊。

早出晚归参加培训，有点好像回到校园生活一样。一起培训的伙伴，并没有把自在当成什么特别的人来对待，原来，只是自己多虑了。

其实从学校毕业也就是几个月前的事情。

爱情的挫折让人恍若隔世。

而我们，也就是在这一次次的不顺利中渐渐感到自己的成熟。

这和压在石头下长出来的小草比周围平地上的更加强壮，是一样的道理。

秋深了，满城是桂花的甜香，自在在天山茶城找到一款桂花金萱，还是用小铁盒装十泡来卖。闲暇的时候自己也泡一壶来喝，想起上一次和店里的伙伴一起分享那一泡"忘忧"的日子，有点再世为人的感觉。

自在找到的那一款物美价廉的铁观音，贴着"回甘"的logo，成了自在网店的招牌产品。自在又去找来一些关于铁观音的美容保健知识贴在网店里，一时间日子也就热闹了起来。

也不是没有怅然的，桂花金萱迷人的味道，让人想起三秋时节的杭州满觉陇。去年秋深的时候，自在和清戌牵着手，走在山间的小径上，看着路边桂花树下坐着喝茶打牌的人潮时，还幻想过两个人一起在那里开一家小店。

"你这个老板娘，是会功夫的，我们就叫功夫茶馆好了。"清戌这么打趣过自在。

人是用大脑思考的，七情六欲也由大脑指令，但为什么想到那些让人悲伤的回忆时，会在胃和心脏之间的地方，有一种抽搐的痛感呢？

分手的那一瞬间，是充满了决绝的勇气，但分手之后的日子，难免会有情绪上的反反复复。想到甜蜜的往事，心会痛起来，想到那些不堪的记忆，也会痛。

也只有在初恋的时候，才会有这样的勇气和痛楚吧。

可言的身体恢复了不少，自在把网店的发货工作交给了她，也就是跟快递清点一下件数，核对一下运单。不过可言因此也变得充实起来，今天发的货多一点，就会高兴一些，哪一天没有生意，就会催促自在。

"你好去进一些新货了，别人会不会厌倦了你那些茶的味道？"

"妈，喝茶的人是会渐渐形成习惯的，如果他喜欢这种味道，就会一直记得，并且一直一直地喝下去，所以，我们很多都是老顾客呢。"

自在清点着整理箱里的货品，准备下午到茶城再去进点货。虽然茶老板说只要自在打个电话，就可以帮她把货快递过来，但自在并不放心，每一次她都要亲自喝过，才决定买多少，她比较相信自己的味觉。

"自在，没想到这种网上买东西的小店还真有生意，也没什么成本，不过赚得也不多，要么你卖贵一点？"

"妈，要是我卖得贵了，人家不会去店里买啊？我现在是在积聚人气，等我形成了自己的品牌，薄利多销，也会有赚头的。"

"看看热闹，一个月一千块都挣不到。你到哪一天才能还上那十万块钱啊？"

"我昨天才给他寄去两千块，好歹是五十分之一，慢慢来，总能还完的。"

"其实，他们也没让你还，你何必呢。"

"妈，这件事我们就不讨论了，好不好？"自在很干脆地结束了这个话题。

门外，有人喊着可言的名字，是热心的黄伯伯，"展家姆妈，有人找你们家自在。"

门开处，是一脸笑容的黄伯伯，带着一个年轻的男人。

自在一眼认出他来。

是那个送了她茶叶的男孩子。

不知为什么自在的脸忽然有点热起来。

好久不见了，他怎么会找到我？

"自在，这个人在小区门口打听你们家怎么走，我看是生面孔，就多管闲事把他带来了，是你的同事啊？"

"啊？哦，不是，不是同事。"自在有点狐疑地看着他，完全摸不着头脑。

"你是网上那家清风雅韵的店主？"男孩子开口了，"我们在哪里见过吗？"

原来，他已经不记得我了？帅哥大多如此健忘吧，亏得我一眼就认出他来。

自在还没回答，男孩子又问："我想知道你从哪里得到我的印章，拿来在网上骗人。"

他的语气中有一些些的质疑。

自在有点生气，"什么印章？你这个人怎么上来就给别人扣上骗子的帽子？"

大概是自在气呼呼的口气让男孩子有了线索，"我想起来，你就是那个半夜三更不睡觉在人家楼后面大喊大叫的女人！我就猜到是你，没想到我好心送我们家的茶给你，你却拿去骗人？"

男孩子把一只小铁盒递到自在手里。

正是自在店里售出的"忘忧"。

自在一看，自知理亏，但不知为什么却不愿意在气势上示弱，"喂，就是用一下这个图案咯，怎么，不能用啊？那我以后不用就是了，这又不是什么名牌的商标。"

自在和男孩在楼道里针锋相对，引得邻居纷纷伸头出来张望，一梯六户的老房子，就是这一点热闹。

可言连忙打断两人，"别在门口站着，既然是熟人，进来坐下说话嘛。"

黄伯伯也兴致盎然地跟了进来。

换鞋子的时候，黄伯伯好心地拍了拍男孩子，"抬脚，鞋子在你前面。"

自在没好气地，"干嘛？他不会换鞋子啊？黄伯伯，你好像对他特别好嘛，你们不是不认识吗？"

"啊，自在，你不知道……"黄伯伯一脸愕然。

自在也没在意，自顾自地在沙发上坐下来，"我知道，我私自用了你的包装，这是不对的。但你也不能说我是骗子吧，你怎么会找到我们家？难道你跟踪我？"

不知为什么，见到他，自在就变得嚣张起来，好像下意识很喜欢挑衅他。

"细节不用说了，我希望你立刻停止在你的黑店里卖盗版货。还有，如果你要做这一门生意，你应该好好去拜个师傅学一学，别再做这种挂羊头卖狗肉的事情。"男孩子讲话很不客气，语气显得很冷淡，让自在的一点点心虚立刻消失得无影无踪。

♣ Chapter 07

其实自在在考茶艺师的时候是背过所谓绿红白黑黄青六大茶系之类的，但学过也就忘了，现在被阿润当面指出来，让她有点恼羞成怒。

"我也是被那个茶商给骗了，他说是铁观音，我自然相信他。"

"他骗你，你再去骗人家，弄到最后，大家会忘了真正的铁观音是什么味道！"

展自在的忍耐力受到了挑战。

"你这么说是什么意思？我卖假货？这里所有的茶叶都是我在茶城自己挑选回来的，别看我起点低，我可是想做网上第一的茶叶店的。用了你的包装是我不对，我可以立刻停止使用那些标贴，你要怎么赔偿，我现在没有钱，但我可以写下来给你，我会赔偿你，但你也不能得理不饶人啊！"

"自在，有话好好说呀。"连可言都感觉到了自在咄咄逼人的气势，这个孩子，一向不是很能忍的吗？怎么今天这么失控。

"还没请教您怎么称呼？"可言试图缓解气氛。

"哦，我忘了自我介绍，阿姨，您就叫我阿润好了。"冷淡的男孩还是那么不温不火的，还冲着可言微微笑了笑。

他一笑，可言的心也忍不住颤了一下，这个孩子，笑起来有一种很善良很温柔的感觉，让人忍不住想亲近他。

"阿润啊，你说我们自在卖假货，这就有失公道了，我们家自在是个连撒谎都不会的老实孩子。你看你会不会搞错了？"

"也许我说得重了，不过你们家卖的铁观音，其实是另一种乌龙茶，叫做本山，茶并不差，标价也不贵，但是如果贴上我的标签当铁观音卖，就真的出格了。"

阿润微微欠身，取出一个纸包。自在认得那种包装，正是唯一喝过一次的"忘忧"。

"取你的茶具来。"阿润指挥自在，"再烧一壶我带来的水。"

黄伯伯已经一个箭步冲向门口，提进来一桶山泉水。

坐在窗口背着光轻轻打开纸包的阿润，有一种说不出的权威感，自在的气焰一下子跌了下去，乖乖地拿来自己的茶盘和功夫茶组。

阿润将茶壶和公道杯拿到鼻子前面闻了闻，满意地点了点头，"你的茶具虽然是工业生产的，没什么灵魂，但是你清洁得很用心，还算不错。"

看他神神叨叨的样子，自在又想发作。

阿润又说："能被叫做忘忧的铁观音，今年一共只有23泡，我上次送给你的那一泡，是今年剩下的最后五包之一，我想肯定被你糟蹋了。"

"喂，我看你才像个骗子，哪有茶一年只有23泡的？一泡五克的话，不是只有115克吗？才二两而已？你以为它是大红袍啊？"

阿润也不理他，侧耳听了听厨房里的水声，向黄伯伯示意，"温度差不多了，可以帮我把水取过来吗？"

厨房里的水刚刚发出沸腾的声音，但还没有冒出白烟。

自在"嗤"地一声笑了出来，"水还没开，笨蛋，你看不见啊。"

阿润也不理她，自顾自用滚水小心地烫壶温杯，手势十分熟练。

黄伯伯在一旁露出十分钦佩的表情。

自在也不觉得有什么了不起，好歹她也是一茶一坐的茶艺师，泡茶的手势是被很多客人赞许过的。

像阿润这样的泡茶水准，在店里并不稀奇。

哪有人用不到90度的水泡铁观音？

自在正想嘲他两句，却被一阵沁人心脾的幽香震撼了。

那是一种似有似无的香气，跟上一次自己泡出来的香气不一样，这一次的气息更加含蓄，好像暗夜里随风飘来的一缕花香，你想去细细品鉴，又找不到了，徒增惘然。

可言和黄伯伯并不懂茶，可是脸上却也不由得露出了轻松怡然的微笑。

"好像并不怎么香，但又是那么地让人舒服。"黄伯伯赞叹道。

阿润也不回应，自顾自认真地将茶分到四只杯子里。

自在用的是最便宜的那种白瓷品茗杯，茶汤在杯子里呈现出淡淡的黄绿色，不像绿茶那么翠，但也不像一般的铁观音那么黄，这是一种只可意会不可言传的充满了生命力的颜色。

跟自在上一次用100度的水泡出来的，竟是完全不同的感官效果。

阿润做了一个"请"的手势，等三个人都拿起了杯子，他也慢慢地端起自己面前的那一杯茶。

可言和黄伯伯心急，忙不迭地将茶汤抿入嘴里。

然后不约而同发出赞叹的声音。

那是一种没有文字的赞叹，但谁都听得出来意思。

自在将杯子举高，由远及近地闻了闻，这一次香气变得十分清晰，但还是依然含蓄。

然后自在分三口将茶汤含进嘴里。

哇，原来那若有若无的香气，完全被包裹在了茶汤里，像兰花一样高远，又有一种山高处空气异常清新的爽快感。

受到茶汤的刺激，自在满口生津，感动得说不出话来。

三个人在喝下这一杯茶之后，都有一个共同的反应，就是沉默。

好像一张嘴，那种愉悦的感觉就会自己飞走一样，恋恋不舍。

房间里一下子变得安静起来，只听见阿润泡茶的水声。

第二泡，茶的滋味又进了一层，好像一个幽远的深呼吸一样，让人耳清目明。

待四五泡之后，阿润摇了摇头，"可惜，你们的水壶烧过自来水，茶汤里便有了城市里特有的漂白粉的味道，不够完美。"

黄伯伯直挥手，"完美，完美，我活了六十几岁，这是我喝过的最好喝的茶，这恐怕也应该是天下间最好喝的茶了吧。"

可言也十分兴奋，"自在，这杯茶喝过，才知道你店里卖的那些茶的确是不行啊。我没想到，这世上还会有这么好喝的茶。"

自在不想服输，但在这一泡茶面前，却没办法嘴硬，"这茶是不错，但我的也没什么不好啊，各有各的妙处嘛。"

"对，你说的没错，你的茶，叫做本山，你就应该给它名分，让它堂堂正正符合它的身份被人接受，而不应该给它一个虚假的包装，这样很对不起它。"

"本山？是又一种铁观音吗？我怎么从来没有听说过？"可言很感兴趣。

"不，本山和铁观音都是福建安溪所产的乌龙茶。而说到乌龙茶，它是跟绿茶红茶一样的一种茶的种类，你们开店卖茶，总不至于连这一点也不懂吧。"

其实自在在考茶艺师的时候是背过所谓绿红白黑黄青六大茶系之类的，但学过也就忘了，现在被阿润当面指出来，让她有点恼羞成怒。

"我也是被那个茶商给骗了，他说是铁观音，我自然相信他。"

"他骗你，你再去骗人家，弄到最后，大家会忘了真正的铁观音是什么味道！"

一直冷淡温和的阿润忽然严厉起来。

自在觉得惭愧。

怎么搞的，明明不是这个意思，但却跟他抬起杠来。

"好了好了，不打不相识。"可言对阿润有莫名的好感，"阿润，是我们有错在先，也谢谢你特地跑来跟我们提出这么中肯的意见，你说你们家是做茶叶的，要么你看这样好不好，以后我们就卖你们家产的茶叶吧，你看呢？"可言看着面红耳赤的自在，帮忙打起了圆场。

"阿姨，您误会了，我并不是来推销茶叶的。该说的话我也说了，只要你们停止销售忘忧，我的目的也就达到了。后会有期。"阿润起身向外走去。

黄伯伯忙不迭地站起来，"这就走？那我送你出去吧，免得你绕路。"

"不用了，谢谢，凡是走过一次的路，我都记得。"阿润直起身慢慢走出去。

阿润走后，连可言也忍不住指责自在："你看你，怎么那么沉不住气？就算是网店，也是开门做生意，人家来提意见，你应该虚心接受。"

自在努了努嘴，也找不到什么反驳的话。

"就是啊，人家一个盲人，这样特地赶过来，还带了这么好喝的茶来给我们喝，我看人家肯定是一位茶叶方面的专家。师傅送上门，是你的福气。"黄伯伯也十分赞赏。

"什么，黄伯伯，你说他是盲人？不会吧，你看他行动自如得很！"自在笑得打跌。

跟他两次偶遇，从来没有看见他用盲人专用的拐棍啊。

"怎么不是，我在大门口遇见他的时候，他自己告诉我的。"

"黄伯伯，我看你是被他骗了吧。你看他那对乌溜溜的贼眼，哪一只像瞎掉的？"

"不过说起来是有点不对劲，我看他讲话的时候不怎么看人，偶尔看我一眼，也好像是没有焦点的。"可言附和着。

"妈，那是他傲慢看不起人，你看，你要跟他进茶叶，他不是很嚣张地一口回绝？"

"自在，你平时不是这样，怎么好像偏偏很看不惯阿润啊？他跟你是怎么认识的？你们以前有仇啊？"

"谁认识他，就是路上遇到过两次。最气人的就是第一次，我无意中推到他，结果撞翻了三辆自行车，他也不帮我扶，自顾自就走了。"

"我看那孩子不像这样的人，他那张脸，一看就是个好孩子。"可言笑眯眯地回味着阿润的脸。

"妈。"

"自在，我有点担心，我们小区中心花园的鱼池没有栏杆的，我怕他掉下去，我还是跟去看看。"黄伯伯有点不愉快，站起身也打算离开。

可言用眼睛看了看自在。

自在一边笑一边站起来，"好啊，既然你们都说他是瞎子，我也不能那么没有同情心。你们俩坐这里喝茶，我去看看，好吧。"

他们说话的功夫，阿润已经慢慢地沿着楼梯走了出去。他从怀里掏出钢笔大小的伸缩拐棍，拉开来，略一思索，准确地找到了向外走的方向，然后用拐棍试探着走了出去。

他走得很快，步伐也很坚定，单从背影，的确很难判断他的视力情况。

自在走到楼下的时候，已经看不见阿润的身影了。

走得这么快，怎么可能是瞎子？

不过也奇怪，他为什么要骗黄伯伯呢？也没理由啊？

自在的心里有点疑惑，四下看不见阿润的身影，也担心起来，不会真的掉到鱼池里去了吧？

其实阿润转了个弯，沿着楼的另一边走出去了，这条路是黄伯伯刚刚带他进来的路。他听得见马路上的汽车声音越来越近，知道自己方向找对了。

"人不是光靠眼睛看的。"小时候摔了跤，爸爸就会这样告诫阿润。所以，他已经学会了靠声音的远近辨别方向，很多时候，耳朵比拐棍还要有用。

才走出小区的大门，一条五大三粗的汉子冲到了阿润的面前。

在他靠近以前，阿润已经感觉到了他，"午龙，你怎么来了？"

"师傅，我就知道你一个人来解决这件事情了，为什么不喊上我？让我把那家黑店砸个稀巴烂。"午龙低声地嘟哝着，看得出对阿润的尊重。

"午龙，你现在跟着我，已经不是黑社会了，怎么还是这么粗鲁？"阿润淡淡地笑了笑。

"师傅，跟这种人，有什么好客气的，坏你招牌的人，就是我的仇人，你说吧，接下来要我干点什么？"

"我已经解决了。她，"阿润顿了顿，忽然又笑了，"实在是个什么都不懂的毛丫头，而且我相信她再也不会犯这样的错误了。我们回去吧。"

"那岂不是便宜她？起码我们要把她的包装统统毁掉，让她不能再去骗人。"

阿润拉住他，"不用了，以她的性格，估计再也不会用了，我相信她的自尊心。而且，她不是同行，这一次只是无心的，用不着计较了。"

午龙还是气愤难平的样子，"差点坏了我们一百多年的老字号，哪有这么便宜放过她？"

阿润正要说话，忽然一声脆亮的娇叱当空炸响，"喂，那个大个子，你放开他。"

自在气喘吁吁地找到了门口，就看见一个黑粗粗的汉子拦住了阿润的去路，两个人还在拉拉扯扯，她立刻气不打一处来。

午龙的个子要比阿润高处很多，尤其是他一脸怒气，看起来十分乖戾。

直觉的，自在以为午龙要欺负阿润，更直觉的是，她发现自己很生气，虽然她一直跟阿润抬杠，但看见有人想要欺负他，却立刻想打抱不平。

只见展自在飞快地冲过来，一手拉开阿润，同时飞出一腿，正踢在午龙的小腿胫骨上，午龙只感到一阵剧痛，以为自己的腿断了，大声呼喝起来。

"你干什么？"

阿润和午龙在这瞬间的攻击之下，只说得出这四个字。

"我倒是要问你干什么，下次看你还敢不敢欺负别人。"自在响当当地扔下这一句话，拉起阿润就走。

午龙从剧痛中恢复过来，已经不见了阿润的踪影，"师傅，师傅，他妈的，哪里来的疯女人，抢走我的师傅，这下我怎么回去交待啊！"

♣ Chapter 08

他有一种随遇而安的气度，住在自在家，很快就成了这个家的一份子，好像从一开始他就是住在这里的一样。

甚至，他很快就记住了家里各种用具所在的地方，只要告诉他一次，下一次他就能准确地找到他要的东西。

一击得手，自在也不想跟那个看起来很可怕的男人多纠缠，抢了阿润就跑。自在熟悉地形，三下两下就把自己和阿润藏在一个角落里，看着午龙找错方向，向另一边跑去，自在才舒了口气。

"好了，没事了，你可以走了。"

"走到哪里去啊？"阿润也很茫然，这个女人，有没有脑子，做事情怎么总是这么鲁莽。

"你高兴去哪里，就去哪里啊？那个坏人我已经把他打跑了，现在你安全了。"自在有点得意，觉得自己欠了阿润的那一点这一次算是还清了。

"他就是来接我的人，你把他打跑了，你让我还怎么回去？"

"啊？搞错了？"自在也糊涂了，"那刚刚你们在路边上干吗打架？"

"我是他师傅，他怎么敢打我，我们只是在聊天而已。"阿润也的确没有见过这么好管闲事的人。

"那，你就自己回去好了，算我帮了个倒忙！"自在觉得脸上一阵阵地发热，恨不得找个地洞钻下去，立刻准备闪人。

阿润一把拉住了她，"你怎么这么对待一个残障人士啊？你得送我回去。"

自在被阿润握住了手，心里忽然间抽搐了一下，他的手很柔软又很有力，那种感觉真的是很美好，跟以前被清戍拉住的感觉，竟是不一样的。

也就一秒钟，自在触电一样地挥开了阿润。

"干什么，你说什么，你真的是瞎子？"自在脱口而出，又觉得自己失言了，"我的意思是……"

"对啊，我一出生就看不见，所以不觉得什么。不过你也够迟钝，这已经是我们第三次见面，你都没有发现吗？我可以理解为这是我的一种成功吗？"阿润调侃着自在，同时轻轻地握住了自己的手。

也许，是在回味刚刚两人双手相握时，那种心悸的感觉。

这是阿润在人生中第一次握住一个女孩子的手，这种感觉，好像很美好呢。

"我……我送……送你回去吧。"自在有点心神震荡，说话不由得结巴起来。

"但我没有地址。"阿润的嘴巴微微荡出一丝笑意。

"啊？"这下自在慌了。

"你怎么会没有地址？你不知道自己住在哪里吗？"

"我又不是上海人，这一次到上海，我们是专程来找你的，房卡在午龙那里，我的身上只有你们家的地址。"阿润从口袋里摸出一张字条，就是靠这张字条，他才坐着出租车找到了自在的家。

自在把手在阿润面前挥了挥，他的眼珠真的毫无反应。

"为什么每个人要验证我是不是瞎子，都会在我面前这样挥手？"阿润一脸无奈。

"既然你看不见怎么知道我挥了手？"自在忍不住抬杠。

"小姐，挥手会产生风，风扇在我的脸上，我怎么会感觉不到？所以说，人如果只依赖眼睛去看，就会忽视其他的东西。"那种让自在受不了的优越感又出现了。

自在觉得自己快要疯了，从没有见过一个瞎子，这么以瞎为乐的。

觉得自己快要疯了的，还有可言，因为自在告诉可言，阿润要暂时住在展家。

"我们家就这么大，住进一个男人，怎么可能方便？"

"没关系，我什么都看不见，不会有什么尴尬的。"阿润倒是自得其乐，"如果午龙够聪明的话，他会很快找到你们家的，他以前是黑社会，找人很有一套的。"

"自在，这到底是怎么回事啊？你怎么把他给带回来了？"可言一头雾水，压低了声音询问自在。

"来接他的人，被我打了一顿，现在他回不去了，那我只能把他带回来了。"自在看了看钟，"哎呀，要迟到了，妈，我先去上班，回来再说。"

这个年代，还有年轻人不用手机不用电脑吗？

有，住在展自在家沙发上的阿润就是这样一个隐士。

他有一种随遇而安的气度，住在自在家，很快就成了这个家的一份子，好像从一开始他就是住在这里的一样。

甚至，他很快就记住了家里各种用具所在的地方，只要告诉他一次，下一次他就能准确地找到他要的东西。

跟他住在一起，并不觉得有一个需要照顾的人在身边，相反，他还有很多让人无法相信的异能。

这一天，自在跟他做起了辨认的实验。

自在在超市里买了不同牌子的四种矿泉水，每一种都让阿润先喝一口，然后告诉他这种水的牌子，之后把水的顺序打乱，每一次，阿润都能准确报出水的品名。

"你看，我早就说过，很多东西，光靠眼睛看，是看不清楚的，甚至，因为用眼睛看了，还会扰乱你的判断力。"阿润淡淡地说。

"我怎么总觉得，你好像有一种优越感？觉得你比我看到的更多？"自在有点不服气，虽然心里是佩服的，可是只要看见阿润气定神闲的样子，她就会觉得不爽。

这家伙，穿着十块钱一件的老头衫，怎么也不觉得猥琐？

阿润身无分文，又没带换洗衣服，自在只能到楼下菜场的小摊子上给他买了几件最便宜的老头衫。

自在盯着阿润，不由得浮想联翩。

原来老头衫之所以显得猥琐，不是老头衫本身，在乎穿他的人。

"我叫你来试一试，听到没有？"阿润毫不客气地在她头上拍了一记，"你不是职业的茶艺师吗？你来喝喝看，这几种水有什么不同。"

四只白色的品茗杯里，是一样的白水。

"怎么可能喝得出来？"自在心虚了。

"就算是水，里面的微量元素的结构和含量也是不同的，所以口感有很大的不一样，你喝喝看。你不是很想在茶艺上更进一步吗？分辨水的好坏，就是最基础的课程。"阿润的语气里有一点点挑衅的味道，激起了自在的斗志。

她端起杯子，一饮而尽。

"不错，甘爽。"

又喝第二杯，好像跟第一杯也没什么不同。

手起杯落，自在又爽快地喝掉剩下的两杯，"都差不多。颜色，味道都没有区别，因为它们都是矿泉水嘛。这就是你所谓的茶艺基础课程啊？是不是想耍我？"自在完全没有看出门道来。

"所以说，依赖视觉的话别的感觉都会退化。你的舌头上有丰富的味蕾，这就是你味觉的眼睛，要让这些眼睛睁开，首先就要扔掉原有的习惯。"

阿润掏出一条丝巾："把你的眼睛蒙上，再试试。"

将丝巾严严密密地遮住眼睛，自在伸手就去拿水杯。

"等一等，你要试着连听觉也放弃，让自己安静下来。"

"捂上耳朵，我还怎么端杯子啊？"

"放弃听，光靠捂住耳朵是没有用的。你要专注下来，把你的注意力都集中在味觉和嗅觉上，把你的感觉调动起来，简单点讲，就是通过腹式呼吸的方法让自己的意念集中。"

自在忽然开悟，这就像练太极的时候，专注于身体本身，就能达到物我两忘的境界，进而通过身体的气场，也就是人的注意力来支配自己的动作。

这一次，自在沉心静气，将一小口水轻轻地含在嘴里，由舌尖至舌根，细细地品味了一轮。

我们都知道，不同部位的味蕾可分别感知甜、酸、苦、咸四种味道。

舌尖两侧对咸敏感，舌体两侧对酸敏感，舌根对苦的感受性最强，舌尖对甜敏感。

但在平时进食的时候，我们很少会集中注意力去感受不同部位的味蕾产生的反应。

很多人喜欢在吃饭的时候看电视，更多的人将吃饭喝茶当作聚会聊天的一个载体，经年累月，舌头的感觉被忽视了。

味觉的丧失，带来的直接后果就是，满坑满谷的川菜店，只有麻和辣才能震撼所有的舌头。

自在也是这芸芸众生中的一员，在门店，她最喜欢的一道主餐就是川湘跳水蛙，只有那种又麻又辣的味道，才能让她胃口大开。餐后再喝一壶冰冻的乌龙冻饮，是她犒劳自己的最高待遇。

可是今天，一杯无色无味无香的矿泉水，让她喝出了门道。

这一口水经过舌尖，有一种清凉的感觉，划过舌面的时候，觉得醇和，经过舌根咽下去以后，隐隐有甘甜的口感。

那种甘顺醇和的抚慰，就好像长年住在空气污浊的都市，忽然有一天在植物园的一角，觉得空气分外清甜，让人神清气爽。

"你再试试这杯。"阿润将另一杯水递到自在的手里。

开始的时候，还是清凉的，划过舌尖，有点微涩，经过舌根滑下去的时候，略有一点化学的刺激味道。

自在一惊："你在水里加了什么？"

"哈哈哈，"阿润乐不可支，"你看，你的舌头睁开了眼睛，它看得出自来水和矿泉水的区别，这是早上你倒给我喝的冷开水，里面有漂白粉的味道。"

自在觉得惭愧。

那天，阿润用他们家的水壶烧水泡茶，曾经说过："不够完美，可惜，你们家的水壶，残留了自来水的味道。"

当时，自己只觉得他傲慢轻浮，实际上，只是因为大家在味觉上的体会不同。

人与人之间的误解常常就是如此，每个人都从自己的角度出发，戴上有色眼镜，自然就难和别人沟通。

"那我要怎么样才能练到你那种境界？可以分辨不同牌子的矿泉水？"自在这一次是诚心诚意地请教了。

"认真对待你喝的每一口水，用心记住它的味道，这样你的舌头就会形成习惯，你的味觉也会渐渐舒醒。你现在的程度，已经比午龙好很多了。"阿润不咸不淡地算是表扬了自在一句。

说到午龙，自在觉得脸上一阵发热，那天之后，午龙就好像失踪了一样，再也没有在小区附近出现。找不到午龙，阿润也就没办法回家了。

"你可以记得住水的味道，怎么连自己家的地址也不知道在哪里？"自在有点狐疑，这个家伙，心如明镜，却说不知道自己的家在哪里，没有了徒弟领路，就回不去，鬼知道他是真是假。

阿润不易觉察地笑了笑，又回复那种不咸不淡的表情，"你放心，午龙肯定会很快找到我的。在那之前，你陪我到茶城去逛逛吧，我想见一见那位把本山当成铁观音卖给你的店主。"

福建人在茶城开的小店，都会置一张茶桌，客人进门，先不谈生意，邀你坐下来，先喝一杯茶，喝着聊着，不知不觉就会爱上杯中的这一点香气，就算没有买也不要紧，回了家，还会想起，下一次也许就成了这一杯茶的拥趸。

阿润和自在走进那家铺子的时候，老板不在，跟自在差不多年纪的小老板正在盘货，看见自在，认得是老顾客，忙招呼她坐下来。

自在刚要发言，阿润却按住了她。

"我们想看看比较便宜的铁观音。"

"有，100块以下的可不可以？"小老板很开朗，拨开随手泡的开关，烧起水来，"我知道展小姐的习惯，我们先喝喝看，再谈价钱，展小姐很懂的。"

阿润闻听此言，忍不住牵了牵嘴角。自在狠狠地白了他一眼，想想他又看不见，心头火起，用手指狠狠戳了他一下。

这个年轻男女经常有的小动作，不知怎么的，竟让阿润的脸微微泛起了红晕。

"麻烦你换一壶水好不好？"阿润忽然淡淡地说。

水已经开了，顶得壶盖噗噗地响，阿润的声音很轻，语气很温和，但却有一种不容忽视的权威感。

"里面的残水已经煮了很多遍，用它把你的茶盘清洗一下，重新烧一壶。"

"好，没问题。"开门做生意的人，总是比较随和的，小老板虽然有点诧异，但还是照办了。

一边清洗着茶具，他一边轻轻打量着阿润。

看起来并没什么特别之处，年纪不大，长相挺清秀，一张面孔有点黑，是日晒留下的痕迹，当然也可能是在美体中心晒的，现在很多吃饱了没事做的人会花大笔的银子到美体中心去晒人工的日光浴，据说这样晒出来的比较均匀。

没几分钟，壶里的水又开了，小老板用竹茶勺从袋子里舀出大概八克左右的茶叶来，倒进白色的小盖碗里。

干爽的茶叶在干净的瓷杯底部叮当作响，听起来很是悦耳。

阿润循着声音伸过手去，准确地拿到了盖碗，又对自在说："给我杯盖。"

自在将杯盖塞在阿润手上，他盖上盖碗，用力地振了振，打开盖子，闻了闻，递给自在，"你也闻闻。"

"好香，香气很锐！"自在由衷地赞叹。

"刚才烫了杯，杯里残留的温度和湿气可以很好地激发出茶叶的香气来，请冲水。"后面的三个字是对小老板说的。

小老板知道今天来了个会家子，但又有点怀疑，这么个文弱的小男生，怎么会懂茶？振茶的这个手段估计也是跟着朋友买茶时学来的吧。

新煮好的水冲进杯中，一阵怡人的香气氤氲开来。

"这一种好像比我以前买的那种更香。"自在脱口而出。

"是啊，展小姐果然识货，这是今年的秋茶，刚带上来的，比春天的更好。"小老板缓缓地斟茶，让茶。

自在忙不迭地喝了一口，又赞叹："好好喝哦！"

"这是正宗大坪乡的毛蟹，好就好在它的香气上。"阿润也不喝，却淡淡说出了这一泡茶的真实身份。

自在一口喝下茶汤，完全不相信，"你根本就没喝，怎么会知道它不是铁观音？"

"那我问你，你看见我知不知道我是男是女？"

"那还用说，一眼就看得出来啊。"

"那还不是一样？铁观音是铁观音，毛蟹是毛蟹，只要一闻香气，就知道它们天差地别，不用喝。"

小老板涨红了脸，手一抖，盖碗的盖掉了下来，烫得他倒抽一口冷气。

自在分不清茶，却看得出他心虚，"好啊，你真的拿假东西来骗我，害我再在网店里骗人家。看你们一家人都很老实的样子，原来都是骗子。"

阿润却又帮小老板讲话，"他用上等的毛蟹，当成普通的铁观音卖给你，我想，他也是有苦衷的，你且听他说几句再发作。"

♣ Chapter 09

那是一个瘦弱清秀的男孩子，他的
眼神淡淡的，却让自在觉得心悸，
似乎曾经在什么地方见过，但又久
久没有重逢了。
那种淡漠的感觉，对自在来说，是
那么亲切。

　　小老板感激涕零地看了看阿润，又惭愧地看了看展自在，"展小姐，我们也做过好几次生意，这也是没办法的事情啊。你要便宜的铁观音，但是100块钱以下的铁观音实在拿不出手，我本来想拿本山和毛蟹推荐给你，可你一喝，就说，这个铁观音好，我要了。我们也是做生意，只求交易成功，所以……"

　　"这种事情怎么可以将错就错呢？"

　　"其实，拿毛蟹、本山冒充铁观音的人也不在少数。"小老板为自己辩解。

　　"好了，别说了，越说越丢人。"

　　楼梯上一阵脚步声，小老板的爸爸走了下来。

　　"真是不好意思，我们失了信用。"老板本人一脸黝黑，看得出是长年在田里劳作的，跟儿子比起来，他的福建口音十分明显。

　　"谁让她不懂装懂，让她吃个亏吸取教训也好。"阿润闲闲地说。

　　自在又忍不住戳了阿润一下，可又想不出怎么反驳他。

　　"现在拿你们自己觉得最次的铁观音出来给我看看吧。你，把我的杯子洗一洗。"阿润指挥自在。

　　老板打量着阿润，忽然仿佛想起了什么，连忙让儿子起身，自己在司茶的位置坐了下来，"把柜子里的那一包茶拿出来。"

小老板应了一句，从柜子里拿出一小袋茶，有点犹豫，"爸，这是炒坏了的那一批……"

"别废话，去，把杯子茶壶都冲洗干净。"老板郑重其事地在阿润面前坐了下来，又仔仔细细地看了看他。

水开了，这一次阿润不再动手振茶，只等着老板按照功夫茶的流程泡好茶斟上来。

他轻轻抿了一口，忽然吸了一点空气到嘴里，轻轻鼓动一下口腔，然后慢慢地把这一口茶喝了下去。

自在也喝了一口，觉得味道寡淡，香气也欠奉，还有一点说不出的异味。

阿润却好像喝到什么美好的味道一样欣慰地点了点头。

"真是难得，好久没有喝到这样的茶了。"

展自在"嗤"地一声笑了出来，"你脑子有毛病啊，这么难喝的茶，到你嘴里倒成了宝贝。"

"所谓的喝茶，是增加经验的过程，好喝的茶需要记住，有问题的茶也应该喝一喝，才能更加体会到好茶的不容易。像这一泡茶，色香味都失当，的确是很难得的。"阿润的表情并不像在开玩笑。

老板的表情更加认真，他轻声地问："您看，问题出在哪里？是火候不对还是……？"

"你们家的茶园边上，新近开了饭店吧？"

展自在心里暗笑，这家伙，难不成打算去人家家里蹭饭吃？

"是啊，现在慕名来旅游的人多，我们把茶园边上的林地开发成了农家乐。"

"这一泡茶，在没有制作之前就已经废掉了，若想要它回复生机，你恐怕要在茶园和农家乐之间选择一个。"阿润说得很玄。

"为什么啊？"自在搞不明白，老板也是一头雾水的样子。

"你喝到茶汤里有一种异味吧？那是茶园地下的水系受到污染造成的，茶树在生长的过程中，需要良好的空气和干净的水，不然就会影响茶青的质量，他们家的茶园和制茶的工厂，都被饭店的油烟污染了，排出的污水又污染了地下水系，所以，请再好的师傅也炒不出好茶来。"

老板恍然大悟，"难怪，自从开了那家农家乐，我家的茶就越来越差，原来是污染了水口！"

"要想每年收到好茶，就要保住你们家以前茶园的风水，不然的话，砍了茶树，农家乐的生意也就没有了，是不是？"

阿润站起来，向外面走去。

老板忽然扬声问道："我没猜错的话，您是……？"

阿润笑了笑，也不答话，拉着一头雾水的展自在施施然地走了出去。

"你到底是干什么的啊？难道是风水先生？"自在听见刚刚阿润提到"风水"，满脸期待地问。

"走吧，我带你去找好茶。"阿润不置可否。

他们走后，茶叶店的老板拿起了电话，"是我，快帮我找到午龙大哥，我想我找到他师傅了。"

有了阿润带路，今天自在从茶城买回来不少的乌龙茶，本山、毛蟹、铁观音、黄金桂。林林总总让自在大开眼界。

现下，阿润坐在自在家的南窗下面，用自在那一套朴实无华的玻璃茶具，泡着刚买回来的铁观音，看他娴熟的手势，真让人怀疑，他到底是不是个失明的人。

"来喝喝看，这一泡茶，即使用普通的桶装水来泡，口感也很稳定，你可以推荐给那些办公室里的白领。我听说现在的办公室里都是用桶装水的，对吗？"

阿润向自在做了一个"请"的手势。

自在端起小小的品茗杯，啜了一口，香气淡雅，回味悠长，果然是一道好茶，心里不由得对阿润多了一些钦佩。

心眼心眼，也许人真的是可以用心来观望生活的，正宗的铁观音有一种独特的清雅，和香气锋锐的毛蟹果然不同。

茶叶和人一样，是有性格的，讲不清楚好坏，就看你喜欢，但不能混淆，把此君当成彼君。

跟人的相处也是如此，每个人的性格不一样，绝不可能做到一视同仁。

"你是怎么达到这个境界的？我看你泡茶的手势，跟看得见一样。"自在好奇地问。

"其实，很多时候不靠眼睛看，你也能做事情，比如电脑的盲打，再比如穿衣服扣扣子，经常做的事情，人会形成一种下意识。泡茶也是一样。日本有一位茶人，可以空手泡茶，是一样的道理。"

"空手泡茶？"

"对，就是眼前空无一物，但是从煮水、泡茶到喝茶，整个动作一气呵成，而且尺寸位置分毫不差。听起来很玄吧，其实都是一样，无非是用心。"

"可是，练这个有什么用？"

"谁会刻意去练它？只不过是下意识而已。喝吧。"

阿润又向自在让了一杯茶。

"你呢？你到底是干什么的啊？"自在终于问了出来。

"就如你所见呐，我是一个喝茶的人，对于茶，不过略懂而已。"

"那你靠什么谋生啊？你总要有个工作吧。"

"这个问题我倒没有想过，喝茶，不能算是一个工作吗？还有，人为什么要工作？"阿润反问自在。

"没有工作哪里来钱，没有钱水电煤的账单怎么付？生了病连药也买不起。还有，你身上穿的衣服，也得花钱买啊。你白痴啊？"

自在发现，跟阿润讲话，有点鸡同鸭讲的意思。

"在城市里生活，听起来真的很辛苦啊。"阿润叹了口气。

"那你一直在哪里生活啊？"

"我？住在家里啊。"阿润的回答听起来很坦率，但就跟没有回答一样。

"我是说你家在哪里？"

"知道的话，我早就回去了。"

"那你以前在家，都干些什么？"

"看书，喝茶，吃饭而已。"

"哪有人像你这样生活？"

"诸葛亮啊，在出来帮刘备打天下以前，诸葛亮的生活跟我应该是一样的吧。"阿润的话让自在有点晕，明显时空倒错。但忽然，她有了灵感。

"啊，我知道了，你是不是穿越了？由古代穿越来的？你还记不记得你是生活在什么时代的啊？"

阿润愣了一下，笑了起来，"你这个笑话也太冷了吧。我当然跟你是一个时代的人，我生在1987年，我不是顺着一道光来到上海的，我是坐车来的。"

"那你接下来打算怎么办？就这么住在我们家？这已经要半个月了呐。"

"我说了，午龙很快就会找到我的。而且，我也急着回去，今年的日子就快到了，我要是不回去，家里可就乱套了！"阿润喝了一口茶，放下了杯子。

"听不懂你说什么，什么日子？"

"用你的话来说，就是工作的日子啊。我每年工作两次，春天一次，秋天一次，算算日子，该是秋天工作的时候了。去，重新烧点水。"阿润推了云山雾罩的展自在。

可言倒不在意家里多了一个人，自在上班去了，有阿润陪她喝茶聊天，日子倒比以前热闹不少。

其实，说是聊天，主要是听可言讲那过去的事情，呵呵，话题中主要的内容就是自在。

"自在小时候，像男孩子一样，学校里有一堵墙，人家男生爬上去了，她也要去爬，不服输啊，结果被老师抓住，写检查，立壁脚，她还觉得光荣死了。"

"对了，还有一次，跟一个男孩子比赛骑自行车，双脱手，结果把邻居阿婆的马桶撞坏了，害我赔人家一个搪瓷。那个老阿婆还不乐意，说那是他们家陪嫁来的马桶，我只好问她，要么把我结婚陪嫁来的马桶赔给她，她才不吭声。"

"我们自在重情义啊，你也知道，她是我从向阳福利院领回来养的，她在福利院里有一个好朋友叫阿仁，两个人差不多大，好得要命，后来因为搬家失散了，自在到现在还在找他呢。"

阿润泡茶的手势缓了一缓，可言又说了下去。

"这个阿仁，算起来跟你同年的，自在说他们两个人互相起了誓的，长大了要住在一起做一家人，永远不分开。你看看，好笑吧，两个六岁大的小鬼头，好像自己私订终身一样，不过他们已经十几年没见过面了，就算在路上碰到，估计也认不出来了。"

平淡的午后，就这么零零碎碎地聊着往事，时间好像停住了一样，但其实它滴滴答答一直在向前走，将命运的故事不断铺展开来。

食品一店有个专柜卖朱家角的豆腐干，阿润很爱吃。这一天下午，自在下了班，特地坐地铁到人民广场去买。

顺着熙熙攘攘的人流走出来，在人民公园的门口，一群学生模样的人正在向过路的人发放传单。

一个穿着蕾丝娃娃衫的大眼睛浓妆女孩拦住了展自在，"支持一下我们无名吧，参加我们无花果，有礼物送哦！"

这个秋天，一场叫做"天使男声"的选秀活动正在这个城市轰轰烈烈地上演，自在偶尔在电视节目里看过一点，但是家里出了那么多事情，让她无暇再来顾及这些小孩子的游戏了。

她冲大眼睛的女孩笑了笑，准备离开，可是女孩子手上拿着的一张海报牌吸引了她的目光。

那是一个瘦弱清秀的男孩子，他的眼神淡淡的，却让自在觉得心悸，似乎曾经在什么地方见过，但又久久没有重逢了。

那种淡漠的感觉，对自在来说，是那么亲切。

自在忍不住多看的这一眼，让女孩子看到了希望。

"我们无名是个身世十分可怜的孤儿，可是他有着这个世界上最好的歌声，你难道从来没有注意到吗？"女孩子责备的眼神好像不知道无名是自在的错一样。而她的语气中那种宠溺的成分，十分明显。

现在的孩子，对于一个选秀出来的明星，居然会有这样真挚的感情。

其实大眼睛的女孩跟自己年纪差得并不多，只是经历了生活中种种意外的自在，已经没有那些闲情逸致，所以在她眼里，面前这个"无花果"实在还是个孩子。

自在冲她笑笑，"不好意思，我几乎不看电视。"

"我就说嘛，如果你见过他，你不会这么无动于衷。"女孩子得寸进尺，"姐姐，我看你是个很有感情的人，天生就是无花果，只要你登记一下，就可以参加我们马上就要举行的无花果联谊活动了。"

女孩子不依不饶地缠了上来。

自在只好为难地轻轻推开她，"对不起，我家里还有事情，下次一定！"

广场上，像这样举着牌子为这个叫无名的歌手拉票的无花果很多，看着他们一脸认真的样子，自在有点羡慕，能够心无旁骛地做些自己喜欢的事情真好，这种狂热实在是一种幸福啊。

穿进第一食品商店，正好碰见楼上店里的店长小引。小引一把抓住了自在，"哎呀，自在，是你们晓燕叫你来救场的吧，我急都急死了，有客人定了200份外卖，我人手完全不够，有你帮忙，太好了。"

自在一头雾水地被小引带到了店里，只见店里一片忙乱，茶水吧的伙伴在忙着制作奶茶，而外场的伙伴则在整理着盐酥鸡和蛋糕的外卖盒。

"哇，你们生意这么好？什么地方叫了200份外卖啊？"自在惊叹一声，在门店工作这么久，还真的第一次遇上要这么多外卖的。

"是我们的一个老客人，上次就是她一次性在店里做了5000块钱的消费充值。今天她来找我，说要在前面的一家酒吧做一个什么联谊会，要我们一定帮忙准备一点饮料和小点心，对了，她还要我们帮她定一个蛋糕，我去拿一下。自在，你帮我们一起准备奶茶吧。"

小引几乎是脚不点地地跑开了，自在看看这热气腾腾的场面，只能留下来帮忙。

外卖准备好，店里的用餐高峰到了，小引只能自己和自在一起把装好的外卖分几次送去他们活动的场地。

"姐姐，原来你在一茶一坐上班啊？难怪我叫你参加活动你不来。不过没关系，你看，你跟我们无名还真是有缘，你不是还是来了吗？"

自在整理着桌子上的饮料和小点心，冷不防那个大眼睛的女孩子又跳到了她的面前。

女孩子伸出手，"我叫乐小琪，你呢？"

自在只好跟她交换自己的名字。

没想到乐小琪十分灵活地拿出了表格，帮自在做起了登记，自在喊住她，她却飞快地跑开了。

没多久乐小琪又从其他地方跑了过来，手上拿着一张已经做好的会员卡，彩色的，塑封好了，还配了根藏蓝色的带子。

她顺手就把这张无花果证挂在了自在的身上。

"从今以后我们就是一家人了，让我们一起为无名加油吧！"小琪做了个十分卡通的动作，让自在忍不住笑了出来。

这家伙，如果把这份热情放在工作上，一定会很有出息的。

门口一阵骚动，小琪欢叫了一声："来了！"好像凭空消失一样，只一秒钟就不见了踪影。

自在看着满场兴奋的无花果们，也被这种友善热情的气氛给感染了。人头攒动，自在根本看不见无名。她看了看手机，六点四十了，糟糕，阿润和妈妈不知道吃了没有，还是赶快打个电话回去吧。

酒吧里没有信号，自在走到走廊上，一抬头，看见的是厕所的标识，也顾不得那许多了，先打了电话再讲。

冷不防的，正在拨号码的自在，被一个人从后面狠狠地撞了一下，手机飞了出去。

自在惊叫一声，连忙去抢手机，撞她的那人却比她更快，已经捡起了手机。那人起身的时候，正好看见自在的名牌，然后他认真地盯着展自在的脸看着，在下一秒钟他忽然惊喜地抱住了展自在。

♣ Chapter 10

十几年来，展自在一直在寻找阿仁，希望能给他一个家，保护他，照顾他，那种心情就好像自己家里的小猫丢失了一样。可是今天，当自在找到了她的阿仁，却发现，小猫已经变成了一只健壮的老虎，拥有着凛然的王气。

"在在，我终于找到你了！"

展自在突然被抱住，下意识地打算一脚飞出去，把这个大胆的色狼踹飞了，可是他喊出的那句话却像定身法一样让自在停住了。

"在在，你不记得我了吗？我一直在找你，我是阿仁！"

自在把抱住他的那双手扳开，细细端详，这不是今天海报上的那个歌手吗？难怪会觉得那么熟悉，他的眼神，还是小时候那样的明澈，又有一种淡漠和冷静。

找了那么久，以为已经没有希望了，却没想到在厕所门口的过道上撞见了。

自在一下子不知道该怎么反应，她下意识地打了阿仁一拳，"你小子，躲到哪里去了！"

阿仁夸张地叫了一声，又冲上来抱住了自在。

"管他那么多干什么，反正我找到你了，我就知道，你会看见的。"

自在觉得有一点不自在了，小时候的阿仁是怯怯的，眼睛里总是含着泪水，是一个忧伤的小孩，让自在忍不住要保护他，就好像他是自己的弟弟一样，可是现在的阿仁，却变得这么奔放。

还没等自在细细体味这其间的不同，尖叫声和照相机快门的声音像潮水一样冲了过来。

参加联谊的无花果们看见了他们心中的王子，抱着一个穿工作服的女孩子，那种冲击力，不啻于一粒原子弹的爆炸。

乐小琪冲在最前面。

"放开，快放开，这样的照片被拍了传到网上，就完蛋了。"小琪大叫着跑过来，说的话却十分冷静。

场面很快在几个骨干分子的协调下安静了下来，而自在发现自己变成了焦点。在场的几百双眼睛盯着她，让她很不舒服。

"你们祝贺我吧！从参加比赛的一开始，我就说了，我参加这个比赛，是为了寻找一个人，今天，我找到了，她就是我的在在。我找了她十二年，现在我终于找到了，所以，我想我会在下一场决战中退出比赛，因为我的目的已经达到了。"

一束聚光打在自在和阿仁的身上，阿仁已经放开了自在，但还用一只手紧紧地抓住她，好像自在随时会消失一样。

台下，随着阿仁说出这样的决定，几个脆弱的女孩子忽然痛哭了起来。

自在不知所措地看着那些情绪激动的歌迷，觉得自己掉进了一个梦里。

早晨，她还安静地和阿润一起喝了一泡铁观音，并且约好了晚上一起喝茶，所以她特地来买豆腐干。现在豆干没买到，自己却莫名其妙地站在了舞台上，被几百双眼睛盯着，追光灯太亮，她看不见台下人的表情，只感觉到阿仁抓着自己的手。

十二年没见，阿仁长高了，手也变得温暖有力，和阿润一样，他也有着略长的头发，不过他的长发是纷乱和卷曲的，好像一直有风在轻轻吹过一样，让人觉得轻盈而不羁。

阿仁说完那段惊天动地的宣言，拉着自在离开了舞台。

无花果们哭着围了上来，哀求着："不要啊……不要离开我们！"

"无名，你是最棒的，为什么不坚持下去！"

"无名，我们爱你！回来吧。"

自在被阿仁拉着，跌跌撞撞地走了出去，那种混乱的气场，让她完全无法保持清醒的头脑。

等到她明白状况，已经坐在了一间小小的酒馆里，城市的中心居然还有这样雅致的角落，几株绿色植物给昏黄色调的咖啡馆增加了一些热带气息。

面前，是阿仁递给她的一杯绿色的鸡尾酒。

酒馆的一角，一个短发的女子正在整理酒柜。

"她叫曾哥，我从向阳出来以后，跟着一些草台班子去演出，经常住在大浴场里。是曾哥带我到酒吧驻唱的，她还给我介绍了很好的老师，让我学习乐器。"

"我去向阳的旧址找过你很多次，希望能和你遇到。"

"我也是啊，很多个夜晚，我站在那栋大楼的后巷，希望能在转角看见你走过来的身影。"

"没想到我们居然会在那样的地方见面。"

"其实在哪里见面都好，反正我们还是见到了！"阿仁抓着自在的手，"让我们忘了过去，好好计划未来吧。"

自在一下子愣住了。

"未来？"

没有找到的时候只有一个目标，那就是找到他，可是找到他之后要做什么呢？自在其实从来都没有想过。

人生在你没有预料到的时候直接进入了一个新的阶段，有的时候你以为完成一个目标会让你的人生显得完美，可是当你实现了这个目标，你却发现自己一片茫然。

"对啊，我们不是说要永远住在一起，做一家人的吗？我一直在等着遇到你的那一天，我们就能有自己的家了。"阿仁诚挚地看着自在，一脸的期待。

自在的心颤抖了一下，拥有我们自己的家，这是一个什么样的承诺？六岁的孩子想要拥有的家和二十二岁的自在与阿仁能在一起组成的家，似乎是有天壤之别的吧。

自在还没有找到答案，两个女人已经风风火火地闯进了宁静的酒馆。

乐小琪几乎是尖叫着冲了进来，"无名，总算找到你了，外面乱成了一锅粥。"

阿仁吃了一惊，但并没有放开自在的手。

跟着乐小琪走进来的是一个身材修长的中年女子，她也和曾哥一样剪着短发，不过和曾哥那种随意的短发不同，她的头发显然是经过高级发型师精心料理过的，有着丰富的精致发卷和细细辨认下能看得出的挑染。

跟在乐小琪后面走进来的这个女人，打扮得很低调，但是一身黑衣配一只硕大的包包，看得出隐藏着的奢华。

她走过乐小琪，径直在无名面前坐了下来。

她一坐下，就给人一种扑面而来的气势，不由得你不认真起来。

"无名，你想过你这么做的后果吗？"

"我不在乎，我本来也不想成为明星。"

无名虽然还是坚持着自己的观点，但语气和缓了很多。

"那么，下一步你打算怎么办？和你的这位孤儿院女友结婚生子，做一个普通人？你用什么来养活你的家人？我知道你没有上过什么学，居无定所，除了在几家小酒吧驻唱以外，也没有什么工作经历，这样的你可以担负起照顾一个家庭的责任吗？"

女人闲闲地说着，一双眼睛却直直地盯着阿仁，对于阿仁身边的展自在，就好像是一团空气一样。

自在心里一阵不舒服，这两个人讨论的话题似乎和自己有一点关系，但是，身为当事人的自己可是什么都还没有说啊，更别提什么结婚生子，跟谁？这难道说的是展自在和阿仁的事情吗？

自在很想打断他们的对话，可是无名却响亮地扔出了一段让自在目瞪口呆的宣言。

"是的，我知道你们对我的底细了解得很清楚。没错，我什么都没有，但是哪怕送水送快递，我也可以养活我的家人，没文化没学历怎么啦？这世界上这样的人多了。我就是一个什么都没有的人，自在也一样，我们都是孤儿，连别人最起码会拥有的父母，我们都没有，可是我们不是好好地活到现在吗？因为我们只要彼此拥有就可以了！"

一旁的乐小琪几乎五体投地地看着阿仁。

"我支持你们，无名，随便你想往哪里走，我都支持你，我也会把你的想法传达给我们所有的无花果，我们都是你们的后援团！"乐小琪崇拜地大叫起来。

女人冷冷地看了一眼乐小琪。

乐小琪满不在乎地回瞪了她一眼，"丁姨，看见没有，这个世界上不是所有人都能被你说服的，你的节目也不缺我们无名这一个选手，你何必强人所难呢。"

被称作丁姨的女人忽然笑了起来。

"你们这些孩子，你们以为生活是一个有趣的游戏吗？参加了选秀节目的无名，已经不是一个简单的人了。现在你们又把这位小姐拖进了这个游戏，我想告诉你们的是，一旦命运的车轮旋转起来，要么你坐在车上享受它的速度，要么就会被车轮碾成尘埃。不是所有的歌迷都会对今天的这个意外冷静接受的。"

丁姨站起身来，优雅地转了个身，离开了酒馆。

几乎同时，自在的手机响了。

"妈妈，怎么了？"

可言的声音听起来十分惊慌。

"自在啊，怎么回事，一大堆人挤在我们家门口，叫你把什么东西还给他们？你欠了人家什么啊？"

"妈，你千万别开门，我就回来，阿润呢？他在哪里？"

"幸好有阿润在，他陪着我，不然我真的要吓死了。自在，你快回来吧。"

自在挂了电话，皱了皱眉，那个看起来嚣张的丁姨说得没错，阿仁的退赛的确惹恼了一批死忠的无花果，不管怎么样，只能先回家再说。

"怎么啦？"乐小琪和阿仁都关切地看着自在。

"没什么，不知道他们怎么找到了我家的地址，现在在我家门口闹事呢。"

自在站起身准备回家。

阿仁拉住了她，"我跟你一起回去。事情是我惹出来的，你解决不了。"

"我也去，你们等等我。"乐小琪忙不迭地跟了出去。

到自在家最快的交通工具是地铁。如今的上海，地面交通充满了不可预见的意外，高架匝道封闭、堵车、修路，越是在你急不可耐的时候，道路上越会险象环生。倒是地铁，虽然拥挤，可还算是快捷。

从曾哥的酒馆到地铁站，只能穿过步行街，自在和阿仁走得很快，乐小琪在后面跟得上气不接下气。

忽然，有人厉喝了一声："展自在，都是你这个祸害！"

陡然在大街上听见人喊自己的名字，自在下意识地站住了。

一个身材高挑的女生怒气冲冲地看着自在。

阿仁下意识地挡在了自在面前。

"无名，你为什么要退赛，就为了这么个女人。好，我杀了她，你就好回来了。"女人哭喊着。

自在愣住了，哦，卖糕的，这是搞什么，难道是TVB的电视剧吗？

还没等自在想通这个问题，那个女人已经一扬手，狠狠地扔过来一件东西。

以自在的反应能力，这样的"暗器"只要偏一偏头就能闪过去，可是她却发现自己一下子动弹不得。

阿仁抱住了自在，用自己的身体当成掩体，挡住了飞过来的"暗器"。

"噗嗤"一声，原来是一瓶可乐，落地之后它冒出了满地的白沫，视觉效果十分惊悚，不过并没有太大的危害。

自在羞红了脸，想推开阿仁，人群却发出了一声声的惊呼。

"当"的一声，可乐瓶的盖子因为可乐喷涌而出被弹了出去，不偏不倚地打在了旁边大厦的玻璃上，钢化玻璃在人们的注视中先是呈放射状地裂开，然后化成千万块小碎片泻落下来。

这个地段人不是很多，只有自在和阿仁在碎片的"射程"之内。

阿仁想也没想，搂着自在蹲了下来，用自己的身体护着自在，碎玻璃砸了阿仁一头一身。

乐小琪惊叫着扑向那个女生，"抓住她，她是凶手，她杀人了！"

扔可乐的女生也愣住了，但看见乐小琪冲过来，她连忙回身冲进了人群，很快就不见了踪影。

自在不可置信地站起身来，看着阿仁，俄顷，她伸过手去，想帮阿仁掸开身上的碎玻璃。

阿仁嘟哝了一声，抓住了她的手，"当心，碎玻璃扎手。"

阿仁自己站了起来，满不在乎地抖了抖头发，又伸伸手伸伸脚，将身上的碎玻璃抖掉，说："走吧，我们上你家去。"

虽然是钢化玻璃，并没有什么锐角，但还是有一些划破了他的胳膊，血很快就染红了他的衣服。

乐小琪愤愤地跑回来。

"让她跑掉了，啊，无名，你怎么样？怎么浑身是血，快，我打电话叫救护车。"

"不用了，都是皮外伤。在在，你有事吗？"

展自在心疼地说不出话来。

这还是当年那个瘦弱胆小的阿仁吗？如今的他，已经变成了这样一个勇敢热情的男人。刚刚被他护在身下的时候，自在听见了阿仁的心跳声，那声音一下下敲击在自在的心上，亲切又显得陌生。

十几年来，展自在一直在寻找阿仁，希望能给他一个家，保护他，照顾他，那种心情就好像自己家里的小猫丢失了一样。可是今天，当自在找到了她的阿仁，却发现，小猫已经变成了一只健壮的老虎，拥有着凛然的王气。

去医院清洗完伤口，已经接近午夜了，自在不断地打电话回家，知道在物业保安和邻居们的帮助下，那些闹事的歌迷已经退到了小区外面，后来又三三两两地走了，这才安下心来。

曾哥酒馆的储藏室，就是阿仁的暂住地，自在和乐小琪一起陪着阿仁回到了酒馆，曾哥还没有走。

她给他们煮了一锅白粥，炒了几碟下粥的小菜，陪着他们吃起了宵夜。

"无名，你为什么要执意退出比赛呢？"曾哥温和地看着阿仁。

"其实我也并不讨厌比赛，只是因为我参加比赛的目的就是为了找到她，现在既然已经找到了，比赛的意义也就失去了。"

"我还以为你是喜欢唱歌才去参加比赛的呢。"曾哥叹了口气说，"或许我看错了，你只是把唱歌当成和送快递一样的谋生手段？那从明天开始，你也别再唱歌了，我介绍一份快递公司的工作给你。"

"怎么可能，阿仁，我记得很小的时候你就很喜欢唱歌，你还记得我收到的第一份生日礼物吧，就是你为我唱的一首歌啊。"

自在想起自己六岁的时候，那天一大早，阿仁就站在自己的面前，流利而响亮地唱了一首《娃哈哈》，唱完以后鞠了个躬说："在在，这是我送给你的生日礼物。"

"阿仁，再去唱吧，起码再参加一次，我想看你在舞台上歌唱的样子。我真的很好奇，为什么会有那么多人为你疯狂，那一定是因为你在舞台上，有不一样的魅力。"

♣ Chapter 11

暮色四合，展自在的心里焦虑万
分。虽然阿润总是要回自己的家里
去的，但在自在心里的离别应该是
有个仪式的，大家互相留下地址和
联络办法，然后约定下一次见面的
时间和地点，这样的离别叫做再
见，而不是分手。

风一样消逝了的阿润，就再也见不
到了啊。

自在疲惫地回到家，已经是第二天的黄昏。

选秀歌手无名去而复归，节目组特别帮他开了新闻发布会，自在回到家的时候，母亲可言和阿润正在看电视。

"自在，这就是阿仁啊？长得和小时候不怎么像了，我看怎么和阿润倒有点像啊。听说是因为你的原因他才愿意重新回到赛场的啊？"明星的八卦总让人津津乐道，可言也不例外。

"妈，真的很不好意思，让你们也被骚扰了。"

"没事没事，我开始还以为是你在外面欠了什么钱，原来他们是要你把阿仁还给他们。昨天我躲在家里没听清楚，今天看了电视新闻，这些记者真厉害，什么时候在我们家外面拍的啊，还有你们在路上被那个女孩子扔了可乐瓶，电视上也有新闻报道呢。"

可言正在兴奋地说着，自在想换一个话题，于是她拿起遥控器换了一个频道，恰好看见这个台的娱乐新闻也在播着这两段视频。

看着那些碎玻璃砸在阿仁的身上，自在不由得惊呼起来。

"危险吧，幸好阿仁没什么大事，不然你不嫁给他照顾他一辈子也不行啊。"

可言随口开着自在的玩笑，自在却觉得很不自在。

难道是因为阿润坐在那里十分沉默的缘故吗？

自在从包里拿出豆腐干，这是她下午回来以前特地去买的，昨天买的那一包已经变质了，即使在这么混乱的一天里面，她还是没有忘记和阿润的约定。

"那，你喜欢吃的豆腐干，我买来了。"

阿润接过豆腐干，闻了闻，很小心地把它放在自己的口袋里，说："我出去走走。"

黄昏，可言和自在吃完晚饭，就会开始轮流洗澡，这个时候，阿润总会很自觉地出去散步，所以今天他选择这个时间走出去，自在并没有觉得诧异。

阿润走到楼下，午龙焦急地迎了上来，"师傅，你总算下来了，家里那边又来催了，你再不走就来不及了。"

"好，我们现在就走。"阿润淡淡地说。

"啊？真的？你这边的事情已经都办完了吗？"

午龙催过阿润不止一次，自从上次茶城的那位林老板打电话给午龙之后，师徒俩就联系上了，但怎么催促，阿润都不肯回去，没想到今天毫无征兆地，他这么爽快地答应了。

"那我明天早上来接您？"

"不用，现在就走吧。她找到了能为她竭尽所能的男人，我没有留下来的意义了。"阿润像叹息一样地说。

"什么，男人？师傅，你好像不太开心啊？"神经大条的午龙并没有听真切。

"算了，跟你说你也不懂。出来这么久，我是该回去了，回到属于我的地方。"

就这样，阿润打算像风一样刮过展自在的生活，一去无踪了。

在小区的门口，阿润遇见了黄老伯，他说："我徒弟找到我了，所以我急着回去，看见自在和她妈妈，帮我打个招呼。"

黄老伯带信来的时候，还在打抱不平。

"这个阿润，在你们家住了这么久，说走就走，怎么连自己来跟你们告个别的时间都没有，太不懂道理。"

不过，很快他们的兴趣就转到了阿仁身上。电视里，阿仁正在接受记者的采访，镜头前的他，显得十分俊秀。

"自在妈妈，这就是你女儿的新男朋友啊？啧啧，这长得都不像真人。"

自在并没有听见这些闲话，听说阿润和他的徒弟一起走了，自在立刻套上跑鞋冲下楼去。

这个家伙，怎么一个字不说就走了呐，我还有很多话要跟他说，我还想让他和阿仁见面，不知道为什么，就是想把所有的事情都跟他分享，我不知道这是一种什么样的感情，以前我也没有体会过，如果这就是爱的话，好像荒唐了一点。

可是，让我到哪里再去找到你呢？

暮色四合，展自在的心里焦虑万分。虽然阿润总是要回自己家里去的，但在自在心里的离别应该是有个仪式的，大家互相留下地址和联络办法，然后约定下一次见面的时间和地点，这样的离别叫做再见，而不是分手。

风一样消逝了的阿润，就再也见不到了啊。

在小区附近的几条马路仔细寻找之后，自在颓然地走回家去，一走到楼下，就发现停着一辆挂着电视台标志的车。

依然是一身黑的丁姨看见自在，利落地从车上下来，拦在了自在面前。

她深深地冲自在鞠了一躬。自在喜欢看日剧，日剧里那些女人优雅而自然地一弯腰，显得很有礼貌，而干练的丁姨硬生生地来这么一下，那种感觉让自在觉得自己像一具遗体一样，在被告别。

对于这个强势的女人，自在没什么好感。

"阿仁已经回去参加比赛了，你为什么还来找我？"

"这一次我希望你可以再帮我一个忙。"丁姨变得笑容可掬起来，让自在很不习惯。

"对不起，上一次我只是在帮阿仁，我并没有帮过你的忙，所以你不需要谢我，也就谈不上什么再帮你一个忙。"

"我在帮无名，不，你习惯叫他阿仁，我在帮他找下一次比赛时的助赛嘉宾，你知道，他没有什么朋友，更没有亲人，唯一能找的也就只有你了。"

"如果阿仁需要，他会自己来找我，再说，我对上电视完全没有兴趣。"

"你们这些普通人，还真是不开窍啊！"丁姨的脸色又冷峻起来。

"展自在，你看见了，你的朋友其实一无所长，唯一能做的就是明星而已。我知道，你是体院的毕业生，现在在一茶一坐打工，前段时间你妈妈生病，你一定已经尝到了贫穷的滋味了吧。还有，你还欠着十万块钱的债，对不对？"

"那又怎么样？我愿意通过自己的劳动挣钱。"

"没错，你可以用自己的工作挣钱，可是参加比赛成为明星，这就是阿仁的工作啊。他除了一身漂亮的皮囊之外，还有一把好嗓子，他完全可以成为职业歌手，靠自己的天赋堂堂正正地挣钱。难道你愿意看他一辈子睡在那间小酒馆的储藏室里吗？"

自在有点动摇，"可是阿仁说了，他不想做明星。"

"不想做，仅仅是因为没有做过而已。再说了，不想做明星的话，也要等到他做上了明星之后再考虑做不做的问题吧。比赛中有的选手财大气粗，可以请明星来助阵。你知道的，阿仁没有钱，能帮他的也只有你了。"

涉世不深的自在哪里是丁姨的对手，几个回合下来，讲义气的展自在就被说服了。何况，所谓的帮忙也实在简单，是自在十分容易就能做到的，于是她同意了。

这是十进七的比赛。

自在几乎不看电视，但也知道选秀比赛的人气，可是当乐小琪带她走进演播大厅的时候，她还是吃惊不小。

每一位选手的粉丝团都组成了庞大的方阵，各自用先进的装备武装了起来，统一的手拍、海报牌、荧光棒，甚至还有一样的服装。

他们一脸虔诚地进行着赛前的准备，演练统一的口号。

这里是另一种天地，看似一个虚幻的内容，却被这些孩子当成重要的事业在从事着。

"把这些劲头用到工作上该多好？"自在嘟哝了一句。

"在我们看来，这也是我们的工作，更是我们的职责，知道吗？"乐小琪充满自豪地说。

"你现在是学生还是已经在工作了啊？"自在对这种生存状态很好奇。虽然大家的年纪差不多，但是迫于生活压力的她，从来没有参与过这样的活动，显得很有代沟。

"我？算是学生吧，我在读一个硕士学位，现在论文阶段。"

居然也不是无所事事的人。自在心里这样想着，可还是不能理解。

走到后台，乐小琪神秘兮兮地把她带进一间休息室，让化妆师给她化妆。

化妆室里，有一台小小的电视机，播放着正在直播的比赛。

轮到阿仁出场了，他抱着吉他，唱了一首《模范情书》。

我是你闲坐窗前的那棵橡树

我是你初次流泪时手边的书

我是你春夜注视的那段蜡烛

我是你秋天穿上的楚楚衣服

我要你打开你挂在夏日的窗

我要你牵我的手在午后徜徉

我要你注视我注视你的目光

默默地告诉我初恋的忧伤

这城市已摊开她孤独的地图

我怎么能找到你等我的地方

我象每个恋爱的孩子一样

在大街上琴弦上寂寞成长

这是一首老歌，自在记得它出版的那年，正是自己因为父亲的病故而和阿仁失散的年份。

"当初，就是这一首歌，让我深深喜欢上了无名，他说他特别喜欢这首歌，是因为那一句歌词——这城市已摊开她孤独的地图，我怎么能找到你等我的地方。他说这句歌词就是他这些年心情的真实写照。"

乐小琪专注地盯着电视机，直到阿仁唱完这一首歌。

自在和年轻的化妆师也不由自主地沉浸到了阿仁用歌声营造出的浪漫之中，台下，无花果们更是激动得难以控制地欢呼着无名的名字。

"他真的是为舞台而生的，只是他自己还没有意识到而已。"丁姨不知道什么时候走进了化妆间。

作为这个节目的制片人，丁姨有一种不可名状的威慑力，她一出现，年轻的化妆师立刻低下了头，认真地工作起来。

"我给你准备了今天的服装。"丁姨拉开手上的大衣袋拉链。

一件纯白的刺绣袍服闪着耀眼的光芒。

一身运动装的自在被这件衣服吓了一跳。

"这不是刀马旦的戏服吗？"

"是！这不是一件普通的戏服，当年为了穿上这件衣服，我付出了极大的代价，这件戏服是我的珍藏，我希望这能带给你和他好运。"冷峻的丁姨，似乎对无名和自在有一种特别的关照。

"制片人，这件衣服价值不菲啊！"化妆师识货地惊呼起来。

"这也是为了节目的收视率，我总不能让我的王牌节目里，出现那些低档品牌的运动服吧。"

今天自在还特地换上了一套比较整齐的运动服，没想到却被丁姨讥笑了，她的脸一下子红了起来。

"这不怪你，以你的眼界，就这个层次，就像某些自命不凡的电视台。在那种山寨版的偶像剧里，让所谓的财团公子，穿件那种五个字的休闲服，不怪节目组，是他们对品牌还没有鉴别能力。"丁姨冷笑了一声，转身走了。

"最近我们这个节目好像和那家电视台的收视率掐得很厉害，丁姨最是好胜，你们看，她连压箱底的宝贝都拿出来了。"丁姨一走，化妆师又活络起来。

"她说的话刻薄是刻薄一点，也不是没有道理，那家电视台的服装什么的是太土了。"乐小琪好像很了解这其中的门道。

"可是人家硬是用那么土的服装化妆道具，抢到了上一周的最高收视率。我跟你们说，自在和无名的这个节目，丁姨是压了宝的，她说就这一个环节，她要达到瞬间收视率翻倍。"化妆师泄露天机。

展自在心里"咯噔"一下，原来，自己被利用了。她刚想细问，已经有工作人员来催场了："来，无名的嘉宾，到你了，快点！"

台上，最后的晋级环节，无名需要通过最后一首歌曲来确定是否能够晋级。

无名正要演唱，主持人忽然微笑着走了上来。

"无名，今天我们节目组有一份惊喜要送给你。让我们先来看两段视频。"

大屏幕上，是歌迷在自在家门口闹事和阿仁在碎玻璃"倾盆而下"的时候用自己的身体护住自在时的场面。

"无名，我们知道你参加我们这个节目就是为了寻找小时候的朋友展自在，而且就在今天比赛之前，你找到了她。"

"这条新闻我想大家都已经了解了，我今天站在这里，并不希望用这些事情来积攒人气，既然参加的是'天使男声'的比赛，我想我要依靠的是自己的实力。"对于主持人略有暗示的说法，阿仁显得有些不满，他的眉毛微微地皱了一下。

台下，无花果们也嘘声四起。

"看得出来，你很爱她，不惜牺牲自己也要保护她。但就我了解，你们已经十几年没有见面了，在你们失去联系之前，你们只有十岁，不是吗？"主持人还在别有用心地引导着。

"好啦，你还想说什么？我今天站在这里是为了唱歌，如果你不需要我唱歌了，那我就离开好了。"阿仁的眉毛明显地纠结到了一起。

"你为什么这么爱她？"主持人还是不依不饶地问着。

"主持人，你爱吃什么菜？"阿仁忽然很干脆地反问。

"清蒸鱼。"

"有什么理由吗？"

"没有，就是从小一直都爱吃。"

"那你为什么又问我为什么爱她？"阿仁很不客气地反驳。

主持人笑了："无名，你不仅歌唱得好，还很会说话啊。今天我们给你的惊喜就是，你的下一首歌，将由全国武术比赛女子双剑的冠军展自在为你担任伴舞。请你们一起为我们演绎这一首《真我的风采》。"

刚才还伶牙俐齿的阿仁一下愣住了。音乐起，一身白色绣衣的自在从天而降。整个演播大厅被这突如其来的变化点燃了，其他几个选手的粉丝团成员也兴奋地叫起好来。

台上主持人和无名的对话自在并没有听见，她正在二楼的设备间安装威亚，当她被推到台上的时候，她只听见尖叫声几乎盖住了音乐。

按照原先排练好的，自在到了台上，就施展开手脚，将自己当年获得冠军的那一套双剑演练起来。舞台上的灯光很亮，自在几乎看不见台下人的脸，这让她紧张的情绪舒缓不少。

乍一看见自在从天而降，阿仁吃惊不小，以至于错过了第一句歌词，然后几乎是下意识地，他演唱起来。

自在的动作犹如行云流水，十分潇洒，让习惯了街舞的粉丝们耳目一新，演播大厅里变得十分安静。

阿仁的目光也忍不住追随着自在的身影。一首唱了百遍千遍的老歌，更是唱得百转千回。

一曲终了，自在并没有留在台上，而是再次飞了回去，阿仁一个人留在舞台上，享受全场的掌声和热烈的欢呼，并且毫无悬念地进入全国七强。

第二天早上，丁姨还没有起床，就已经拨通了助手的电话。

"真的，比他们高了五个点？好，我就知道，这一招是必杀的。"

丁姨兴致勃勃地放下电话，披起晨衣，拉了窗帘。

窗外，树木森森，修剪得十分漂亮的草皮足足有一千平方米。

草地上，一张铺着白色桌布的圆形餐桌已经准备好了早餐，她的丈夫看见她打开窗户，举起杯子遥遥地招呼她。

丁姨款款地下楼，让我们有机会看一看她的家，两层楼的大宅，不止二十间房间，大厅足足有两百平方，手工地毯，古董水晶灯，明式的花梨木家具，显得高贵大方。

这不是一般的人家，也不是一个电视节目主持人的收入能够支撑的奢华。

乐善亭坐在餐桌边，正对着客厅的大门，这样他就能看见自己的妻子款款走出来的身影了。

"一莲，看你今天神采飞扬，一定是昨天的收视率终于胜了吧。"

"这正好验证了我的观点，这个世界上也有钱买不到的东西。之前花了那么多的制作费，就是胜不过他们，可是昨天，我兵出险招，没花什么钱，却轻轻松松胜过他们五个点。"丁一莲笑了笑，但很快就收敛住了自己的得意。

"别人的太太只要买辆好车给她，就能让她欢天喜地，偏偏我乐善亭的太太，喜欢叫做收视率的东西，这的确很让我为难啊。"乐善亭宠溺地看着丁一莲，眼神中充满了对丁一莲的赞许。

"她们不是说了吗，说我是不甘寂寞的老妖精，自己的戏不红了就想在年轻人身上捞一票。"

"可我就是喜欢你这一点，当年你一心想学戏的时候，也有那么一股狠劲。这些年做电视节目，我也看得出你是真的认认真真想做好这件事情，不过，不要操之过急。"

"我只是不明白，当年的我，为了出人头地，什么代价都愿意付出。现在的孩子，明明离成功只有一步之遥，却说放弃就放弃，一点也不珍惜。"

"你说的是那个叫无名的孩子吧，可他是个很不错的男人啊。"

"光有蛮力有什么用？我知道，一般人看了他一心保护自己女朋友的那一段，都会感动不已，可是一个男人用什么保护自己的女人，光是那样就够了吗？"

"他还年轻，不知道财富的用处。"

丁一莲听了乐善亭的话，忽然点了点头。

♣ Chapter 12

不过几天的时间，一个叫做展自在
的人物，成了媒体报道的焦点，而
展自在自己，对其中的大部分情
节，十分陌生。

　　同样的清晨，阿仁醒过来的时候，看见了自在关切的脸。

　　昨天比赛之后，阿仁发烧了，应该是那些被玻璃划破的伤口发生了感染，再加上排练和通告的日程排得满满的，其他选手也出现体力透支的现象，何况浑身都是伤的阿仁。

　　自在没有回家，留下来照顾阿仁，她认为自己责无旁贷，并没有什么可忌讳的。

　　整个晚上，阿仁都感觉到有一个人在一直帮他更换额头的毛巾，也就是靠了那点清凉的感觉，他才能在灼热中入睡。

　　也许是梦，也许是回忆，他回到六岁的时候，自己摔破膝盖，只知道哭，是自在带他到自来水龙头边洗干净伤口，又用自己的小手绢帮他把伤口包起来。

　　再后来他们悄悄溜进医务室，自在用双氧水帮他洗了伤口，还告诉他，之所以伤口上会有那些白色的泡泡，是因为有细菌，要等到不冒泡泡了，再涂上红药水，很快就好了。

　　孤儿院的孩子，就是这样互相帮助着一起长大的，所以，那些主持人怎么能明白，他们之间的默契？

　　高烧的阿仁，又一次有了一种安心的感觉。

找了十几年，终于找到了这一双温柔坚定的双手。

醒过来的阿仁，第一反应就是握住自在的手。

自在笑了笑，安慰他："别怕，我去给你买一碗粥，吃了就好了。"

看着自在的背影，阿仁被幸福感塞得满满的。

选手都是集中住宿的，自在不方便久留，安排好阿仁的早饭，自己也匆匆上班去了。

没过多久，丁一莲派人来把阿仁接了出去。

阿仁的面前，摆着一张合约。

"对不起，我没有兴趣，如果一定要签这张合约才能参加后面的比赛，那我就不玩了。反正，上一场的比赛，也是为了自在才参加的。"

阿仁不耐烦地看了看丁一莲。

这个女人，不知道哪根筋搭错了，居然拿出一份为期八年的"卖身契"，虽然光是每个月付出来的生活费就高得让阿仁吃惊，可是，一想到从此自己的自由就归了这个嚣张的老女人，阿仁完全没有兴趣。

过惯了一无所有的生活，有些人会对物质产生强烈的欲求，而有些人，却安于往日的闲适。

"你看清楚，这是一份对你很有利的合约，而且，我们并不限制你恋爱和结婚。我知道你喜欢自在，签了这张合约，你就有资格和她一起生活了。"

"嘘——"阿仁忽然出了一口长气，"你这么说，是在侮辱我和自在的人格，我们之间，没有钱的位置。话不投机，我走了！"

阿仁一抬腿，将刚才摆在茶几上的长腿收回来，准备离开。

"等等，我想你可能不知道，自在欠了别人10万块，你不需要钱，不等于她不需要。"

"又是你的什么阴谋吧，自在如果欠了钱，我怎么会不知道？"阿仁觉得丁一莲很无聊，起身离开了咖啡厅。

阿仁并没有走出去多远，就被一帮记者堵了回来。

"无名，听说你女朋友展自在以前曾经让男朋友牺牲色相帮她筹母亲的医药费，她现在有没有跟你伸手要钱？"

"你们失散了那么多年都找不到，你进入全国十强她就找来了，你就没有怀疑过她的动机吗？"

"据说她的家里还藏着另一个男人，你知道吗？"

人，一旦上了电视，被报纸报道了，甚至只是在网站上露一个小脸，都有可能变成所谓的公众人物，这个时代，有没有什么过人之处不是成名的关键，别人对你的事情感不感兴趣才是重中之重。

参加天使男声的比赛已经三个月了，从默默无闻的酒吧驻唱男变成今天这样万众瞩目的全国十强，自在的出现让阿仁成了媒体的焦点。

此时，没有人在乎他长得偶不偶像，唱得实不实力，人们关心的是他和她的那一段往事，那一个承诺。

最关键的是，没有人相信，会有一段感情耐得住十几年的考验，所以，所有人见到阿仁，都会冒出一大堆的问题。

阿仁退回咖啡馆，丁一莲走过来，指挥自己带来的保镖拦住了记者。

"看见了吧，你需要我的帮助。"丁一莲轻松自在地弹了弹手上的合约。

"你好像不是一个普通的电视台节目制片人，你到底是干什么的，又为什么一定要我跟你签这张合约？我搞不懂了，你要是想做经纪人，市面上大把的艺人你都可以选，何必盯着我？"阿仁一屁股坐在沙发上，一脸的纳闷。

"你身上有他们没有的东西。恕我直言，目前已经成名的男人里面，能让人感觉到真挚和深情的，没有。而你，你的眼睛、嘴角、声音，都让人感觉到深情款款，也许，是多年来一直寻找童年的伙伴，带给你一种特殊的气质，这种气质，让人心软。而实际上，你却是一个很有爆发力的男人。"

丁一莲说得很认真，却让阿仁听得一头雾水。

"照你这么说，我早就应该大红大紫了。"

"不，你缺乏机会、金钱和帮助。没有这些，你没有办法成为明星，相信我，当你成为真正的明星，你才有能力去爱别人。你看，现在的你，能带给她的只是困扰而已。"

丁一莲用细而长的手指指了指挤在门外的记者，"你也看到了，如果没有一个有经验的人帮你料理这些事情，你和展小姐根本没有办法开始正常的生活。"

谣言，是从何处来的呢?

我们忘了，在不远处的苏州，那个叫做汪清戍的男人。

跟自在彻底了断之后，清戍成了黄小姐的俘虏，堂而皇之地搬进了那套顶楼的复式房子，名表、跑车、昂贵的衣物，就像养狗的女人喜欢给自己的宠物购买各种名牌的配饰一样，黄小姐在肌肉男的身上也毫不吝啬金钱。

但是，肌肉男也有他的自尊。

"我爸妈想你回家吃个饭，把日子定下来。"

这是清戍和黄小姐的第N次谈判了，说到底清戍家还是传统人家，不能容忍儿子不明不白和一个富姐儿同居，外面的风言风语说得很难听，总结起来不过是"吃软饭"三个字。

汪清戍其实还是个比较本分的男人，并不是那种长袖善舞只把女人当成赚钱工具的职业"舞男"，在他的心里，还有着结婚和责任这样的内容。

所以我们才会看见，在展自在家遇上困难的时候，他会挺身而出。

　　跟黄小姐拿了那十万块钱后引发的风波，让他始终觉得后悔，不然的话，现在已经和自在组成了小家庭，其乐融融。

　　在黄小姐又一次轻描淡写地拒绝了清戍关于结婚的暗示之后，汪清戍恼火了，他气鼓鼓地搬回了自己的宿舍，结束了这段暧昧关系。

　　一个人独守空房的黄小姐寂寞难耐，上网看点八卦新闻打发时间，自在和阿仁的新闻是最近娱乐界的大热门，自然也落在了黄小姐的眼里。

　　跟自己现在凄凉的状态比起来，黄小姐觉得展自在简直是一步登天。去了一个汪清戍，又来一个无名，一个比一个迷人。出于一种有钱女人对灰姑娘的妒嫉，黄小姐立刻又把展自在当成了假想敌。

　　匿名在网上发帖子，这样技术性的活儿黄小姐还不太会，她直接打电话给一个在报社工作的记者，以前在应酬的时候见过几次，她在电话里那么信口一说，记者的兴奋劲儿就起来了。

　　当然，人家也不是没有经过调查核实的，记者同志看见了黄小姐手上留的借条复印件，采访了当时可言病房里的病友，走访了自在小区里聚着聊天的几位老阿姨，于是一个工于心计的展自在在记者的心里一步步清晰了起来。

　　但是，记者独独忘了的，是采访当事人。

　　自在根本就不知道，当她忙着在店里冲水泡茶打扫卫生的时候，世界上的另一个自己横空出世。

　　那个展自在，十分妖魔化。

　　为了筹足母亲的手术费，她教唆男友出卖色相，勾引单纯的富家千金，却在事成后抛弃了男友。

　　为了照顾寡母和店里的生意，她在家里豢养了一名男子，该男子几乎被她软禁在家，足不出户，但据说长相十分清秀。

　　为了获得更多，她找到失散多年的孤儿院好友，借机上位，一夜成名。

更搞笑的是，有一部刚刚开拍的电影，由一位不知名的导演担纲，该组最近发出消息称，他们与展自在接触，希望她扮演剧中的一位女侠，但因为自在开出天价，没有谈拢。

自在和所有的读者一样，之前完全没有听说过这部戏，但现在这部戏一下子成了报道的热门。

不过几天的时间，一个叫做展自在的人物，成了媒体报道的焦点，而展自在自己，对其中的大部分情节，十分陌生。

看着家里乱七八糟的报纸，可言唉声叹气。自在回到家，就看见妈妈坐在沙发上对着报纸发呆。

"妈，你怎么又去买这些报纸来看？我不是说了吗，这些跟我们都不搭界的，管他们怎么说，反正我们自己心里有数就好了。"自在走过来，收拾茶几上的报纸，手却微微有些颤抖。

不过是22岁的女孩，哪里经历过这些，嘴里安慰着妈妈，心里却委屈得很。

沙发扶手上，搭着一件白色的老头衫，是之前自在买给阿润穿的，这家伙，不告而别，留下这些用不着的衣物。自在把衣服洗干净，收好，就好像某一天阿润还会回来一样。

报纸上，将阿润也写了进去，幸好，阿润看不见报纸。

自在这样自我安慰着。

阿仁那边，自在并没有联系他，身体刚刚恢复一点，他就投入了下一轮七进三的比赛，宣传通告排练，日程密不透风。也有人说阿仁是利用自在炒作自己的人气，为自己拉票，但自在知道，阿仁也有很多的压力。

这种时候，自在希望阿仁能全力一搏，而她，已经习惯了凡事靠自己。

以前，可言最喜欢看那些明星的八卦新闻，这一次，她终于醒悟，原来即使是白纸黑字，也有可能是乱写的。

同样的报纸，摊在阿仁面前，他正在暴跳如雷。

"这些记者在哪里，让我去狠狠地打他们一顿。"

"你今天打了他们，明天的新闻不是更加热闹吗？"

"那起码，我要到自在家去一次，安慰她一下，她一定气得要死。"

"你现在出去，会有几十个记者跟在你后面，你认为你把这些人都带到自在家里去，合适吗？"

丁一莲静静地坐在自己的办公桌前，在外滩中心的大楼里，她的办公室可以俯瞰整个外滩，很大，足足有一百多平方米。

她把椅子微微转了个方向，正对着黄浦江，叹了口气。

"你看，从高处看下去，一切都是十分渺小的，只有在你这个年纪，才会这么急于去分个水落石出。"

"你把我带来这里，又丢给我这些报纸，也不让我去参加排练，你到底要什么？"阿仁十分不耐烦地在宽大的办公室里走来走去。

"在你的身上，有实现我梦想的能力，我需要你跟我签约，然后我可以出面帮你解决所有的事情。而且，我会把你变成太阳，不管人站得再高，太阳都在他的头顶上，我要把你变成那样的永远不败的明星。"

阿仁忽然走过来，不耐烦地抓过合同，在上面大咧咧地签下自己的名字。

"别说那么多了，我本来就是个什么都没有的人，你要签，我就签给你。现在，我需要你去救救自在，不能因为我，毁了她的生活。"

年轻的阿仁也一样，在老谋深算的丁一莲面前，一个回合就败下阵来，遂了她的心愿。

丁一莲不过是打了几个电话，潮水一样袭来的谣言，很快就转了方向。在她的面前，这些不过是小儿科的问题。谁知道呢，也许一开始推波助澜的也是她。

当事人之一的汪清戌站了出来，说自己早就跟自在分了手，分手的原因是因为自己移情别恋，也衷心地祝她幸福。

那个自在从来没有见过的电影导演，被揭发出来他的片子连准拍证都没有拿到。原来的投资方也撤资了，本来就是他自己描绘的空中楼阁，一夜间烟消云散。

更让自在想不到的是，阿润居然出现在了电视新闻里，他说自己因为和家人走散，被自在收留，目前已经回到了家人的身边。

"妈，你来看，是阿润啊。"

可言也挤过来看，"真的诶，阿润上了电视也很俊秀啊。他总算有良心，他要是不出来讲清楚，你的清白可就没有了。"

"诶，其实讲不讲清楚，对我还不是一样，我还不是做这份工作，挣这点工资。清戌那边的钱，总归是要还的。"

自在关了电视，想静下心来喝一杯茶，水开了，她却又放下了茶壶。

阿润走后，自在也没有了喝茶的心思。

在找到阿仁之前，自在觉得自己的生活是慢节奏的，很有规律，可是自从那天下午遇到了阿仁之后，她的生活忽然被快进了。

莫名奇妙地，所有的报道不管是正面的还是负面的，都将她展自在说成是阿仁的女朋友，但其实他们不过是朋友而已。

这几天上班，也会有伙伴跟她打听无名的情况，那种艳羡的神色让自在很不自在。

报纸上很流行一种说法叫"被"怎样，自在觉得自己就是在"被恋爱"。

真的恋爱了吗？连当事人自己也不清楚，阿仁完全封闭式地在准备比赛，自在连和他讨论这件事的机会都没有，更别提恋爱了。

一连这么多天，发生了自在一辈子也没遇到过的各种各样奇怪的事情，心里变得空落落的。这时候很想喝一杯"忘忧"，但阿润却离开了。

还有一点让自在想不明白的，阿润怎么会出现在电视新闻里呢？自己出的这些事情，难道他都知道了吗？

他会不会其实还是很关心我的？不知怎么的，想到这个问题，自在忽然觉得心跳快了起来。

♣ Chapter 13

阿润跟着弟弟走到了门口，他犹豫
了，因为看不见的缘故，父母从小
要他不要离开大门，所以，对于迈
出大门，他需要勇气。

阿润就在离自在9.7公里远的大楼里，坐在丁一莲的对面。

穿着中式便装的阿润，显得十分飘逸。但他的表情却十分冷峻。

"我查过了，关于自在的那些事情，都是你闹出来的，你到底想干什么？是针对我的吗？因为我不肯跟你和好？你就想毁了她？"

丁一莲皱着眉头，看着阿润，"很抱歉，最近我很忙，完全没有想到你会和展自在有关系，说起来，我也很好奇，你怎么会住在她的家里？"

阿润冷着脸，面无表情的样子显得十分冷酷。

"那你的意思就是说，你弄那么多事，是因为别的人？是为了那个选秀选手吗？我知道你向来喜欢利用别人，这一次他们又成了你的筹码？"

"我就不明白，我好歹是你妈，虽然没有养你，但我也是辛辛苦苦怀胎十月把你生下来的，为什么你对我有这么深的成见？看起来你是喜欢展自在的啰？这世界上这么多女孩子，你为什么偏偏喜欢她？你难道不知道，她已经心有所属了吗？你怎么抢得过阿仁？"

"我们之间只是友谊，你想歪了。我知道我自己是个瞎子，没有资格谈情说爱。"阿润很不悦，面色更加冷漠。

"你弟弟丢了，我就你这么一个孩子，我不想每次和你见面的时候，都是这么剑拔弩张的。"

"算了，明天我就回去了。如果没什么其他的事，我想我们也不会再有什么机会见面了。"

阿润从口袋里掏出一小包茶叶放在丁一莲的桌上。

白色的宣纸上用毛笔写着一个字——莲。

"爸爸要我带给你的。"

丁一莲漠然地看了看茶包，说："我说过很多次，我已经很多年不喝茶了。"

"他带来是他的事，你不喝是你的事，跟我没有关系。"阿润冷冷地扔下这句话，转身走了出去。

门外，午龙焦急地等待着，看见阿润黑着脸出来，他连忙迎上来。

"师傅，你又和夫人吵架啦？临来的时候先生不是说了吗，要体谅她，一路还让我这么提醒着你，可你，就是不听。"

"他们自己的事情，本来就应该他们自己来解决。每年都让我来送茶，如果他对她还是念念不忘，他自己来求她回去好了，生了孩子又不是拿来当传声筒用的。一分钟我都不想多留了，连夜回去吧。"

夜行的飞机从自在家楼上飞过去，阿润坐在机舱里，回想着往事。

爸爸不在家，年轻的丁一莲带着简单的行李走出了家门。

"妈妈，你什么时候回来？"阿润不过六岁，无助地拉着妈妈的衣服，同样是六岁的双胞胎弟弟吃着手指，站在一边看着。

"阿润啊，妈妈不回来了，你要自己照顾自己，还有弟弟。"

丁一莲一狠心，将阿润的小手和自己的衣服分开。

阿润没有看见，但他听见弟弟跟着妈妈走了出去。

阿润跟着弟弟走到了门口，他犹豫了，因为看不见的缘故，父母从小要他不要离开大门，所以，对于迈出大门，他需要勇气。

弟弟就这么跟着妈妈走了，再也没有回来。

乡亲们找遍了山里的每一条路，既没有找到活人，也没有找到尸体。

聪明可爱让爸爸寄托了很多希望的弟弟，就这么失踪了。

直到五年前，他奉父亲的命令到上海来送茶叶，才又一次见到了母亲，在母亲那里，他听到惊人的消息。

弟弟跟着母亲走出来，母亲把他带到了上海，但迫于生计将他遗弃在孤儿院，之后，孤儿院拆迁，弟弟就真的不知所终了。

为了这一点，阿润没有办法原谅丁一莲。

"我的梦想是有一天成为中国最著名的刀马旦，而不是缩在这深山沟里做饭带孩子！"

谁说孩子没有记忆？六岁的阿润记得母亲和父亲争吵的时候说出的话。

那时候的丁一莲，还叫丁小莲，虽然是25岁的年纪，但已经是一对双胞胎的妈妈。

跟别人的妈妈不一样，她有自己的梦想，不因为生了孩子就改变自己，所以，当她找到机会，她就不顾一切地走了。

据说，她跟着一个著名的刀马旦到了上海，想拜师学艺，但长达十年的时间，家里失去了她的消息。

十年后，阿润十六岁了，他见到了妈妈，此时的她，已经是乐善亭的夫人。

乐善亭也记得当年见到丁小莲时的情景。

她说她已经25岁，但看起来不过18岁的样子，瘦弱、清秀，一双眼睛却有着摄人的光彩。

她跟在张琪的身后走进了家门，身边还跟着一个六岁的小男孩。

她想成为张琪的徒弟，张琪拒绝了她，让她回家去好好相夫教子。

又过一天，她找上门来，小男孩已经不在身边，她不再提学戏的事情，要留在张琪身边帮她做小保姆。

张琪的事情，乐善亭向来是不过问的。也不知为什么，张琪把她留了下来。

她很卖力，家务活也做得很细致，眼睛里的精光渐渐收敛起来。

不到一年，张琪遇上车祸，卧床不起，她成了很有用的帮手。

病愈后，张琪没有再回到舞台，而小莲正式成了她的徒弟。一莲这个名字，还是张琪帮她改的。

这一学，八年才出师。

出师那一次的演出，十分惊心动魄，天下着大雨，来的观众并不多，丁一莲刚一上台，就听见一声响雷，剧场停了电。

票本来就是送的，因为雨大，来的人才没有走，点着蜡烛，演完了《穆桂英挂帅》，反应平平。

付出未必会有回报，想成为刀马旦的丁一莲，在张琪去世后收到她留给自己的白色刺绣戏服，却从来没有机会在舞台上披挂上阵。

一个过了三十岁才初次登台的刀马旦，已经没有什么前途。

当然，无心插柳柳成荫，看着她一步步成长的乐善亭，对她渐渐有了不一样的情愫，在妻子去世之后给了她名分和乐夫人的地位。

挂名做一个电视节目的制片人，本来是为了让她打发时光，可偏偏丁一莲却爱上了这个工作。

也许，她是借着繁忙的工作，来忘记一些无法忘记的东西。

乐善亭经常会想起丁一莲身后跟着的那个小男孩，那时候，如果把他和他的母亲一起留下，其实也不是不可以。可是，所有的人，好像都把那孩子给遗忘了。

这么多年来，丁一莲也从来没有再提起那孩子。

家里，很大，但很冷清。

乐善亭一个人坐在偌大的客厅里，茶几上唯有一杯酒作陪。

乐小琪晃晃悠悠地走了进来，被爸爸吓了一跳。

"爸，你怎么像个靠垫一样，摆在沙发上一点声音也没有。"

乐善亭大笑起来，也只有自己的女儿才有这样的想象力吧。

"小琪，难得你今天回来的这么早啊。"

"丁姨呢？她怎么不陪着你？"

"你哥哥来了，她去见他。"

"我对阿润没什么意见，可是我不接受他是我的哥哥，我们完全不搭界的好哇。"乐小琪撇了撇嘴，发泄着不满。

"所以你也一直不愿意改口叫她妈妈？其实你小的时候跟她很好的，你妈身体不好，都是她在照顾你啊。"

"她也得到了她想要的。你跟她结婚，我不反对，不就是最好的回报了吗？至于要我把她当成妈妈，爸爸，你也是聪明人，就不必这么强人所难了吧。"

"我没这么期望过，所以你不用为难。"丁一莲的声音从门口淡淡地飘了过来。

乐善亭回身看见妻子，看她一脸的不高兴，连忙冲乐小琪使了个眼色，乐小琪做了个鬼脸，离开了客厅。

"怎么，和阿润谈得不开心吗？"

"这世界上很多事情就是那么巧，没想到阿润喜欢上了展自在，他自己不承认，可我这个做妈妈的怎么看不出来？但人家有青梅竹马的男朋友，他一个瞎子，拿什么去跟人家争？我说他两句，他听也不听，站起来就走了。"

乐善亭愣了一下，"你是说，你们节目里那个叫无名的男歌手，和阿润喜欢上了同一个女孩子？"

"难得你居然关心我的节目，那你也应该知道，人家两个人两小无猜，阿润是一点机会也没有的。我要想个办法，让他趁早死心。"

"孩子的事情，你还是不要干涉的好。"乐善亭若有所思地说。

"那怎么行？阿润这孩子，我欠他的已经很多，他的眼睛看不见，就应该在山里过他自己平静的悠闲日子，要是陷入这一场三角恋，他根本抢不过无名！阿润，他不应该去争取不属于他的东西，作为妈妈，我怎么能不管？"

乐善亭看了看一脸气愤的丁一莲，想说什么，想了想，又沉默了。

第二天，乐善亭出现在了曾哥的小酒馆里。

"昨天本来有个很好的机会，可以告诉一莲，但是我说不出口。其实一找到这个孩子的时候我就应该告诉她的，但那时候她和小琪正闹得很不开心，我怕节外生枝，这一耽搁下来，事情却越来越复杂了。"乐善亭愁眉苦脸地对着曾哥倒给他的那一杯酒。

"你这样看着我的酒，它会变酸的。"曾哥笑了笑，在乐善亭面前坐了下来。

"我要是全告诉你，你也笑不出来。记得我跟你说过一莲有一对双胞胎儿子吗？一个是我们找到的阿仁，一个是她留在老家的阿润。阴差阳错地，现在好像兄弟俩喜欢上了同一个女孩。"

"你是说自在啊？"曾哥吃了一惊，"电视里那个说住在她家里的盲人，就是阿仁的哥哥？"

"是啊，我查过了，他们两个都在寻找阿仁，所以两次在同一个地点邂逅。"

"看见吧，你总想当别人的上帝，但真的上帝比你高一筹啊。"

"别说风凉话了，我看一莲一心想帮阿润，也不知道她打算用什么方法。她说她不希望阿润陷入痛苦的三角恋。"

"你们两夫妻还真是有默契，都那么喜欢安排别人的生活，要我看，这也没什么，自在的选择才是关键，不是吗？"

"你见过展自在吗？是个怎么样的女孩子？"

"挺好，爽朗，大方，不过也就一面之缘。"

"也许我应该找机会见见她。"

"拜托，别把人家小姑娘吓着，你怎么介绍自己？我是阿润和阿仁母亲的现任丈夫，不管你跟他们哪个结婚，我都可以算是你的公公？哈哈哈。"曾哥笑得前仰后合。

"喂，表姐，这不算什么笑话吧，我们的关系的确如此啊。"

"你想得太远了，我看你当务之急是找个合适的时间告诉丁一莲，刚跟她签了卖身契的小歌手，就是她当年弄丢了的小儿子。"

"你说一莲会不会已经认出他来了？"

"我看未必，她怎么会想得到她的老公为了他们母子相认搞出这么大一个故事？先是投资她办选秀比赛，又安排孩子去参加比赛。难道你当初计划这一切的时候，没想到下一步该怎么走吗？"

"我原以为他们母子见面，自然就能认得出来。"

"你以为这是写小说啊？十几年不见，丁一莲的变化又那么大，怎么认得出来。当然这也得感谢你，是你让她脱胎换骨。"

"这一点我认为自己并没有错。"

"是啊，你怎么会有错，你只不过凭借你的财力帮助你爱的女人而已。不过对于她的两个孩子，你们的确亏欠得太多了。"

"所以我一直想要补偿。阿润和一莲一直不和，我本希望阿仁能和妈妈在一个皆大欢喜的氛围中相认，我一直不敢告诉他们真相，是我害怕阿仁也恨一莲。"

"在我面前，他从来没有提起自己的妈妈，他嘴里的亲人，历来只有展自在一个。他不恨她，但他的记忆里，已经没有了母亲，这更可怕！"

"你看这就是问题之所在了，若不是心有芥蒂，他怎么会认定自己是孤儿？"

"实际上，他的确是像孤儿一样长大的，我在那个破落的夜总会找到他的时候，他已经三天没吃饭了，身上有种说不出来的味道，手上还有伤痕。"曾哥的眼圈有点红，对于阿仁，她有一种如子侄一般的感情。

"对不起，我知道。这是无法回避的错误。"

"不，这不能怪你，是丁一莲遗弃了他。可阿仁是个善良的孩子，他从不提起那些不堪的往事，每一天，他都活得很积极很快乐，让人没办法不喜欢他。"

"所以，我想给他更多，我想给他事业，给他爱情，甚至跟他分享我的事业和财富，我早就把他当成了我的儿子。"

"就怕你们给得太多，让他无法承受。"

"也不是人人都像你，喜欢隐居起来过日子的。"

"阿仁在我身边这些年，其实挺快乐的。"

"这一点我很感谢你。"

"算了，我说你是外人，其实我更是外人。你们夫妻俩都是不服输的人，你们想怎么解决自己家里的那点事情，我无权过问。想喝酒就自己拿吧，我去后面睡一会儿。我没办法冷静地跟你这种想当上帝的人交流。"

曾哥把乐善亭一个人留在酒馆里，自己走了出去。

♣ Chapter 14

"我知道你没有办法走到他的面前跟他说，我是你的妈妈，也许，你应该等待一个合适的时机。"

乐善亭握住了丁一莲的手，她的手冰冷、颤抖。

霜降!

古时候的节气，跟着气候走，到如今，沧海桑田，江南的霜降，还没到落霜的季节。

早上，自在收到一条短信，是一个陌生的号码发来的，短信的内容关于饮茶和养生：霜降之后，气候越见寒冷，但身体却容易燥热，内外交攻，故晚上不宜多喝茶，午后，一泡清茶有助身心。

自在回拨过去，电话通了，却一直没有人接。

也许，是什么广告短信吧。

"师傅，你不接电话吗？"午龙走进阿润的房间，提醒他。

"不用了，我也没什么话说。走吧，今天的天气很好，我们采茶去吧。"

"生日也不休息？"

"呵呵，有人说人生下来就是来工作的，所以在生日这一天工作，不是很合适嘛。我今天想做一款新茶，走吧。"

也许是生日的缘故，阿润的心情很好。

阿仁自然不会知道，今天是自己的生日。

孤儿院的孩子，大多数都没有很准确的生日，自在的生日，是可言把她领回家的那一天，算是一个家庭的纪念日。

阿仁的生日是他被遗弃在孤儿院的那一天。

在他的记忆中，他依稀记得应该是秋天，照理说，六岁的孩子会记得一些事情的，比如自己的名字，家庭里的成员。可是在阿仁的记忆里六岁前的日子一片混沌，他已经没有清晰的记忆了。

他只记得，在他那些孤单恐惧的日子里，只有自在是最亲近的人。

早上，他打电话给自在，自在告诉他，今天是一个节气，叫做霜降。只要是自在在意的，阿仁也觉得有趣。

"你很喜欢注意节气吗？"他跟自在闲聊起来。

"二十四节气以前对于农民来说，是很重要的，这是季节更替的标志性日子。所谓的霜降，大概就是从这一天开始，早上会下霜，天会冷。"

"不过今天还真是很热。"

"现在地球都变暖了嘛。"

"其实变暖有什么不好？我最怕冷。"

"喂，你懂不懂，地球变暖，南极北极的冰就会化，海平面会升高，很多地方会被淹没。"自在刚看完关于气候变暖的一本小说，满脑子都是环保的概念。

"你还是这样，什么东西都感兴趣，我小时候就在想，大概你实际上是个男生吧，哪有女人像你这样关心这些？"

"那你呢？动不动就哭，人家都笑你是二姨娘呢。"

"所以我们才是绝配啊，你是女生男相，我是男生女相。那这样好了，你今天把班次调一下，晚上陪我一起参加一个活动吧。"

阿仁的桌上摆着丁一莲送来的请柬，地点在曾哥的酒馆，说是一个酒的品尝会，也不知道是曾哥办的活动，还是丁一莲的什么场子。

不过，在自己熟悉的地方，又有机会可以见见自在，阿仁并没有什么异议。

自在由店里下班出来和阿仁见面，只一件白衬衫和一条修身的牛仔裤，阿仁却穿着一身很考究的休闲西装。

"哇，要这么隆重啊？那我还是不去了。"自在打起了退堂鼓。

"什么隆重，我这是下午参加电视台节目，公司帮我选的衣服，借的，明天要还回去的。我又不想回去换衣服，所以就穿来了，你这样不是很好嘛，走吧。"

在阿仁眼里，自在总是完美的，但自在自己却感觉到了差距。

曾哥的酒馆也和往日完全不同，挂了新的窗帘和帷幔，桌椅都用同色的布料重新套了起来，门口还站了四个穿黑衣服的保镖。

阿仁和自在被拦在门口，索要请柬。

阿仁的请柬上只有一个人的名字，保镖彬彬有礼地把阿仁放了进去，又威严地把自在拦在了外面。

"喂，你什么意思，她跟我一起来的，再说了，我就住在这里，什么时候这里由你们说了算了？"

"对不起，今天这里是私人包场，没有请柬的一律不放进去，我们也是奉命办事，对不起。"保镖有礼有节，但就是不放人。

"算了，你去吧，我走了。"自在看着里面衣香鬓影的氛围，头皮一阵发麻，这种场合，她很不适应，趁机想脚底抹油。

"让她进来，她是我的客人。"丁一莲出现在门口，保镖立刻彬彬有礼地将自在请了进去。

有没有这种经历？明明在熟悉的环境里穿得很舒服的衣服，一旦换了一个环境，便会让你觉得鞋子有点脏，衣服太过廉价，而裤子明显地需要熨烫一下？我每次在商场的镜子里看见自己的时候，都会有这种感觉。

自在站在熟悉的酒馆里，却因为周围的人而感觉到了自己的格格不人。

女人们都有着精致的妆容和考究的礼服，男人们着装优雅，发式妥贴，就好像电影里那些上流社会的小型聚会一样。

阿仁好像很能融入这样的环境，他那张俊秀的面孔更是这个世界的通行证，很快他的身边就聚集了不少的人气。

站在一旁的自在却觉得手脚不知摆在哪里，牛仔裤更是绑得她喘不过气来。

"你跟我来。"丁一莲在她耳边轻声地命令了一句。

自在吃了一惊，忽地一下子站起来，险些撞翻丁一莲手上的酒杯。

"展小姐，你能不能动作稍微文雅一点？"丁一莲又忍不住说了一句。

这让自在更窘了。

"你没必要觉得尴尬，我知道，你没有准备好，你不知道今天是什么样的场合。很多年前我和你一样，也是这样地格格不入，但你要记住，不是每个人生来就能这么优雅自信的，她们不过比你早一天见了世面而已。"

丁一莲领着自在走到阿仁平时住的储藏室，拿出几样东西递给自在。

"我就猜到阿仁会把你带来，我已经帮你准备好了。"

一条大方的爱马仕丝巾，扎在了白衬衫的外面；

一只LV限量版的包包把自在拎在手上的环保袋包了进去；

丁一莲又从自己的手上取下一块百达翡丽的手表，戴在自在的腕上。

"这一块表，比你们家的房子还要值钱的多，所以小心别掉了哦。"丁一莲拍了拍自在的肩膀，很满意自己的改造。

"有了这些装备傍身，几十块钱的牛仔裤和白衬衫的搭配就成了一种品味。现在的你，可以自信地站在阿仁的身边。"

储藏室里，有一面镜子，自在由里面看见自己，她看不出什么变化。

说实话，如果丁一莲不说，自在也不知道这么薄薄的一块机械表有什么高贵的地方，以她的经验，知道的奢侈品没有几样。

可是在丁一莲的引领下再次走出去的自在，却吸引了很多人的目光。

"这块表是去年在香港佳士得拍卖的那一款吧，哇，比图片更加漂亮呢。"

"我也喜欢机械表，传统的东西，更加有一种经典的感觉。"

几个美女用很傲慢的眼光扫描了一下清汤挂面的自在，当视线落在自在那块价值不菲的腕表上时，立刻变得亲切起来。

这年头，也有大家闺秀穿着简单地出门，这少女虽然是生面孔，但身上的装备不俗，也许是不知道哪家富豪刚刚出来社交的女儿，看她身材挺拔，表情温和，如果她有个单身的哥哥，就更加完美了。

一块表，让她们个个都成了自在的好友，好像早就熟稔的一样。

"我找你半天了。"乐小琪忽然出现，一把拉走了自在。

"那不是乐善亭的女儿吗？"

"刚刚那个女孩不知是他们的亲戚还是朋友的小孩。"名利场上，一个钱字比什么都金贵，只有自在，懵懵懂懂不知道其中的奥妙。

不过，被这些女人围在当中，香水味熏得她头昏，小琪正好解了她的围。

"那些势利小人，不要理他们，阿仁正到处找你呢。"

兴奋的阿仁正和一个光头戴着耳环的男人聊得起劲，见到自在，连忙向她介绍："在在，这是庄哥，他看了我的表演，希望帮我制作新专辑。你知道吗，那些我喜欢的创作人，都是庄哥的朋友，我想，这一次的合作，一定很有意思。"

自在不太了解流行音乐，虽然也常常听歌，但没有时间细细去记住那些写歌的人，站在阿仁和庄哥的身边，她只能礼貌地陪上笑容而已。

人群的边上，丁一莲和乐善亭正在交涉。

"你这是什么活动？叫我们来，也不说为什么？"丁一莲有点不悦地质问着乐善亭。

"今天是个特殊的日子，我想给你一个惊喜。"

"今天？"

"你忘了吗？22年前的今天，你生了一对可爱的儿子。"

"我跟你说过很多次，这个日子我并不希望庆祝。"

"一莲，如果我帮你找到了他，以后你是不是就不会在意这个日子了？"

丁一莲还没有回答，一个服务生推着辆装着生日蛋糕的餐车已经走到了阿仁身边。

阿仁正和庄哥聊得起劲，丝毫没注意到气氛的变化。

服务生点亮了生日蛋糕上的蜡烛，灯暗了下来，烛光照着阿仁诧异的脸，却将丁一莲的一脸惊讶掩藏在了黑暗当中。

"阿仁，是我的儿子？"

"对，但他不知道你是他的妈妈。表姐找到他的时候，他已经完全忘了自己六岁以前的事情，他以为自己真的是一个无父无母的孤儿。"

丁一莲沉默了，黑暗中看不见她的表情，但听得见她的呼吸变得急促起来。

"我知道你没有办法走到他的面前跟他说，我是你的妈妈，也许，你应该等待一个合适的时机。"

乐善亭握住了丁一莲的手，她的手冰冷、颤抖。

时常参加派对的人都有经验，看见蛋糕，便唱起了生日快乐歌。阿仁在大家的催促下吹灭了蜡烛，他以为这是一个恶作剧，并不在意。

"这是我第一次吹灭属于我的生日蜡烛。"阿仁把他切下的第一块蛋糕递给了展自在。

"今天是你的生日啊？"

"我的生日不是上个月的八号吗，你忘了？是我进孤儿院的日子。"

丁一莲听见了自在和阿仁的对话，她的心被悔恨紧紧地攫住了。

上个月的八号，是的，丁一莲记得那个日子，为了能留在乐家，留在张琪的身边，她在那个日子把小儿子留在了向阳孤儿院的门口。把他留在那里的时候，以为很快就可以回去找他，却没想到张琪遇上车祸。

"弟弟，你就在这里等妈妈，如果人家叫你进去吃饭睡觉，你要听话，妈妈很快会来接你的。"用身上仅剩的钱给小儿子买了一串糖葫芦，小家伙开心地吃着，完全不知道这是最后的甜蜜。

孩子还没有上学，所以连学名都没有起，在家里，老大叫宝宝，老二叫弟弟。

弟弟很聪明，一声不响跟着离家的母亲走了出来，那么长的山路，也不知道他是怎么跟得上母亲的脚步的，一直到了城里的长途车站，才发现他站在自己身边，拽着自己的包带子。

送他回去，就怕来来回回自己的那一点斗志全被母子情深给磨折了。那时候的丁一莲，一心想着自己的人生，早在离家的时候，就决意跟原来的亲人一刀两断。

带他在身边，实在没有能力，路过一条小巷，看见一个叫向阳福利院的地方，门里面，有些孩子在游戏，那是一个晴天，孩子们在阳光下奔跑追逐，看起来挺快乐的样子。

于是下了决心。

谁想得到，多年以后，却要在这个被遗弃的孩子身上，重新寻找自己的梦想。

"在在，等比赛结束了，公司会帮我找宿舍，我们索性找一间大一点的把你妈接来一起住吧。我盼着这一天已经好多年了，早晨醒来，听见家人走来走去的声音，闻着厨房里飘来的白米粥的香味，我想一定无比幸福。"

"切，说到底你是想早上吃一碗现煮的白米粥啊。放心吧，我妈煮的粥又香又糯，她自己用雪里蕻做的腌菜，小油锅一炒，更是一绝，你想吃，明天我就能带给你。"

阿仁忽然高兴地抱住了自在，"这种家里的饭菜，我从来没有吃过。在在，光听你这么讲，我就觉得幸福死了。"

周围的人都在文雅地交流着，阿仁的动静太大，大家看了过来，自在只觉得自己的脸一阵阵发烫，连忙推开阿仁。

丁一莲的心又飘回了过去。

阿仁四岁的时候，不爱吃饭，自己端着碗，追着他，他却满山地逃，白米饭，小青菜，红烧肉，居家的时候，丁一莲为孩子的饭菜也颇费心思，可是阿仁却不领情。

如今，别人家的一碗白米粥，却让他高兴成这样。

走到阿仁的身边，本来想凭着一时的冲动告诉他，你不是孤儿，我就是你的妈妈。

但是，看着阿仁和自在嬉笑打闹的样子，丁一莲又犹豫了。

儿子已经完全忘了有自己这个妈妈，他还说——这种家里的饭菜，我从来没有吃过。在他的记忆里，真的没有了家，没有了母亲，也许在潜意识里，他选择遗忘来痊愈自己的伤痛吧。

揭开他的伤疤，他会快乐吗？

或者，他会变成另一个阿润，母子相见时，总恨不得兵戎相见。

丁一莲退了回来。

找到了，安心了，反正即使不相认，也有了脱不开的联系，那一纸合约，也许比一个遗弃孩子的母亲，更能让阿仁觉得安全。

♣ Chapter 15

自在也不知哪里来的灵感，跑到水
缸边上，将身体趴在缸沿上，用手
去够小男孩的手，水并不深，很快
自在就握住了他的手，但男孩子的
力气挺大的，不仅没有靠抓住自在
的手站起来，反而有点把自在向缸
里拉的意思。

自在从一堆乱梦中疲惫地醒了过来。

丁一莲不知什么时候走的，她的丝巾、包包和手表都没来得及还给她。自在叹了口气，今天还得去一趟，当面把这些贵重的物品交还过去，想想那一只表居然比自己家赖以生存的小屋还要贵，自在觉得荒唐。

什么人会花这样的钱去买这东西？

不过昨天那些围过来的女子，似乎个个都把这当成了目标。

自在觉得一阵晕眩，她的目标不过是找一个学有所长的工作，辛苦积累，把欠的十万块还掉而已。

今天，事情依然很多，先去还掉丁一莲的东西，然后去一茶一坐上班，回来以后要整理网店的订单，发货收钱。

小店最近渐渐有了人气，每天都有不少人来询问，可惜自在能在线的时间不多，只能针对大家的问题做滞后的统一回复，有时遇上一些自在自己也没遇到过的问题，她只能去查书。

这个阿润，说走就走了，本来，只要向他请教，问题自然迎刃而解。

这家伙，住了这么多天，一走，就如黄鹤一般渺然无踪了。

　　除了在门店接受茶艺师的培训之外，自在还去参加了政府组织的茶艺师培训，考出证书来，政府还会补贴一半的学费。

　　重新坐在教室里上课，让她的心静了下来。关于茶，从历史到制作工艺，从品饮到冲泡，原先一知半解的地方，现在有了一个系统的学习过程。

　　原来，唐朝人喝茶，有点像现在的菜泡饭的做法，那时候更应该叫吃茶而不是喝茶诶。

　　红茶、普洱茶和乌龙茶的诞生，都是因为意外。中国的茶农珍惜手上的每一片茶叶，不愿意暴殄天物，所以才会将坏掉的茶细细研究，结果竟另辟蹊径，得到新的工艺品种。

　　每次上完课回来，自在都会絮絮叨叨跟妈妈讲上半天，然后再兴奋地把当天的心得写在网店的交流区里。

　　小小的茶叶网店，给了自在很多的乐趣，让她变得积极起来。甚至，她还恢复了上学时候的习惯，早起跑步，再练一套拳，没有场地，就在小区的草坪上施展一下拳脚。

　　自在练的太极吸引了很多的叔叔阿姨围观，大家推举黄老伯出来游说，想让自在当老师，教大家打拳健身。

　　自在毫不犹豫地答应了，这么多年的老邻居，都是自己的长辈，能一起健身娱乐，开心得很，根本不要提学费的事情。

　　可言妈妈也被大家拉进了"学习班"，一个月练下来，好像腿脚也灵便了很多。

　　小小的变化让邻里之间的关系进步了不少，家里客人多了起来，桌上经常摆着邻居阿姨送来的小菜，灯泡水管坏了，也有勤快的爷叔帮着修理。走在小区的路上，大家都是拳友，打起招呼来，还互相称呼师姐师妹，一时间老旧的小区热闹了起来。

　　以前，自在一家住在弄堂里的亭子间里的时候，虽然少不了张家长李家短的是非，可也有互相帮忙互相分享的快乐，很多年过去，自在又感觉到了那种老式的温暖。

有了这样的气氛，可言也渐渐恢复了开朗的心态，不再像在病中整天把自在当成寂寞里的救命稻草，母女俩的那点芥蒂终于慢慢融化了。

可是阿仁的电话却让自在乱了方寸，"在在，还有十天，比赛就结束了，到时候公司会帮我找一间宿舍。我已经让他们去找有电梯的两室一厅了，这样我们可以和你妈妈一起住，她腿脚不灵便，整天跑楼梯太累了。"

"可是，我们现在住得挺开心的，妈妈并没有要搬走的意思啊。"

"等她看到我找的房子，一定会巴不得马上搬过来的，你放心！我排练了，再说哦。"

阿仁自说自话地挂了电话，自在只好一个人发呆。

这家伙，还像小时候一样，自己认定的事情就不再看别人的眼色。

自在想起见到阿仁的第一天。

一个清秀的小男孩手上拿着一串吃了一半的糖葫芦，福利院的路阿姨牵着他的手将他带了进来。

流着鼻涕的阿华兴奋地站起身说："看，又来一个，看看去。"

自在也跟在大家后面去看热闹。

路阿姨关照说："阿华，院长找我有事，你们照顾这个新来的哦。"

阿华走到男孩面前，一把抢过了他的糖葫芦。

男孩子有点不开心，但只是用眼睛看着阿华。

阿华老气横秋地说："大家都是孤儿，以后就是难兄难弟，你放心，我们会照顾你的。"

"我不是孤儿，我妈妈说了只要我在这里等着，她会来接我的。"男孩子生气地辩驳。

"这种话你也相信啊？我爸把我扔在门口的时候也这么说，可是他嫌我是个女孩，根本就不想要我了。"阿英已经十岁了，好像比较能看透大人的心思。

"我不是孤儿，我有爸爸妈妈。我妈说了，我只是到这里来吃饭睡觉，等她忙完了就回来接我。以前我爸上山采茶的时候，也把我放在邻居家里的。"男孩子口齿很伶俐，一点也不服输。

自在站在一边替他着急，阿华和阿英都是被父母遗弃的孩子，性格很暴烈，平时福利院的孩子们都不敢惹他们。

果然阿华恼了，他伸手推了小男孩一下，"你不是孤儿，来孤儿院干什么？滚，滚出去！"

"对，滚出去！"阿英也来帮忙，三个孩子扭打在了一起。

自在想去喊路阿姨来解围，这边小男孩已经推开了阿华，逃了开去。

孩子们喜欢热闹，见有人打架，都围了过来，自在也跟在里面想看个究竟。

忽然大家惊呼起来。

原来在推搡中，阿英一用力，将小男孩推倒了，他趔趄了一下，一翻身倒进了花园的荷花缸里。

那是一口大缸，有大半人高，天冷，男孩子一下子掉进缸里之后，估计吓傻了，不断地伸手挣扎，却站不起来。

阿华和阿英也不过是小孩子，遇上这样的变故，吓得不知所措。

自在也不知哪里来的灵感，跑到水缸边上，将身体趴在缸沿上，用手去够小男孩的手，水并不深，很快自在就握住了他的手，但男孩子的力气挺大的，不仅没有靠抓住自在的手站起来，反而有点把自在向缸里拉的意思。

自在急了，大声喊阿华和阿英："快点来帮忙，抓住我。"

阿英抱住了自在的腰，阿华帮忙自在把男孩子的手往边上拉，很快就把他拉到了边上。男孩子的头露了出来，他看见了用尽全力拉着自己的自在。

自在到现在还记得阿仁紧紧抓住自己的那种感觉。

冰冷的小手，绝望地用力抓着。

那样的险境，阿仁一滴眼泪也没有流，只是大病了一场。

病愈之后，路阿姨和院长多次问他，叫什么名字，父母的名字，家庭的情况，他却一个字也答不上来，但他记得自在，整天跟着她，两人就这样成了形影不离的好朋友。

阿仁的名字是院长给起的，院长喜欢起笔划比较少的名字，福利院已经有了阿丁阿土天天小小，字典一翻，这个"仁"字只有四划，意头也不错，就是它吧。

现在这个倔强的家伙也不跟人商量，就自作主张要自在搬家，自在觉得有点不妥。非亲非故地，住在一起，算什么意思呢？

果然，可言不同意。

"不行，如果你们结了婚，想要我一起住，我当然没意见，可这算什么意思？阿仁也太不懂道理了，先后顺序都分不清，你叫他来，我跟他谈。"

自在觉得可言说的好像也不是很妥，这样的话听起来就好像是逼婚一样，而自己和阿仁，连恋爱也还没谈过呢。

"妈，我又没有说要和阿仁结婚，我们两个，是像兄弟姐妹一样的关系。"

"别瞎说，男人和女人之间哪里有单纯的友谊？你跟阿仁是青梅竹马两小无猜，难得现在长大了，还是这样登对，简直就像戏文里写的一样。难道你嫌阿仁没有正当职业？我看好他，他比那个汪清戍有的是前途，人也要好得多，把你交给他，我还有什么不放心的。"

"妈，你怎么不明白啦，我跟阿仁不来电。"

"什么叫来电？你是身在其中，看不清楚你自己的心，你敢说你不在乎他不牵挂他不关心他？"

"那和爱是两码事。"

"我看你是前面那场恋爱谈昏了头，分不清方向了。跟汪清戍那样的男人，你倒可以谈婚论嫁，对于情深意重的阿仁，怎么，你还想搭搭架子考验考验他？你以为你是苏小妹，要三考秦少游啊？"

可言生病在家看了不少戏剧，开口闭口典故颇多。

"妈，我跟你说不清楚。"

"女儿啊，你知不知道，现在外面多少人喜欢阿仁啊？她们是寻死觅活地想接近他，你可要当心啊。"

"妈，我不说了，我出门办点事。"

自在不想破坏好不容易融洽起来的母女关系，可是谈到感情问题，跟可言又实在有点鸡同鸭讲。

只能撤退。

丁一莲的办公室。听秘书通报说自在来了，丁一莲立刻迎了出去。

连秘书也吃了一惊，一向嚣张的丁姨，怎么独独重视这位少女？

自在第一次走进丁一莲豪华气派的办公室，心里还是有点怯意的，这间办公室，比自己家大了起码两倍，坐在这么大的办公室里办公，都处理些什么事务呢？

一莲让自在坐下，吩咐秘书给她煮一杯奶茶。

自在有点局促，"不用了，我把东西交给您就走了。我还要去上班。"

"没事，我们聊一会儿，然后我让司机送你去上班，我知道你的作息，不会让你迟到的。"今天的丁一莲显得很和蔼。

自在忐忑不安地坐下来，她不知道自己有什么可以跟丁一莲交流的。

"据说，你是阿仁的救命恩人？"

"啊？不算啦，当时他的情况也没那么危险，孤儿院的阿姨很快就来了，而且缸里的水也不深。"

"很好，你不是个施恩图报的女孩。自在，我喜欢你的性格，阿仁的眼光不错，我支持你们。"

自在的脸又热了起来，今天走了什么桃花运，到哪里都在谈论这件事情。

落在丁一莲的眼里，却以为自在是在害羞。

看人家郎情妾意，两情依依，阿润，你还是把自在让给弟弟吧。身为母亲的，悄悄在心里这样安排着。

"听说你以前有个男朋友？"

"对，您说的是汪清戌吧，我们差点结婚。"自在坦坦荡荡，并不觉得要隐瞒。

"那为什么不结了呢？"

"我不再爱他了，何必还要结婚。"自在并没有数落汪清戌的不忠，即使分手了，能尊重别人的隐私还是尊重得好，何必不断揭开伤疤给人看，即使博取一点同情，也不会有什么快感。

丁一莲默默赞许，自在和汪清戌的事情其实她已经了解得一清二楚，可是自在，并没有得理不饶人，对于自己爱过的男人，她为对方保留了面子。

"那后来，你有没有再爱过别人？"

自在想了想，微微地摇了摇头。

"住在你家里的那个叫阿润的男孩子呢？"

"他啊？我们只是萍水相逢，因为误会，我让他跟家里人失散了，不得已才把他带回家住了些日子。前些时候，他可能找到了家人，招呼也不打一个就走了。也不知道他现在过得好不好，这个人，很有意思诶，尤其是对茶，非常精通。我真的很佩服他，一个盲人，能懂这么多，他真的是个了不起的人。"

说到阿润，自在的话多了起来。

丁一莲观察着自在的笑脸，隐隐有点担忧。

"你对他的印象好像很不错啊！现在你们还有来往吗？"

"这家伙，又不用手机，又没有电子邮箱，还不住在上海。上次走了也不打个招呼，好让大家留个联系办法什么的，以后估计也见不到了吧。"自在一脸的遗憾。

丁一莲松了口气，阿润一定也知道了阿仁和自在的各种新闻，即使他不知道阿仁是自己的弟弟，但面对那样强大的对手，他理智地选择了退出。

很好，丁一莲这样对自己说，只要让阿仁和自在的关系变得更加稳固一些，即使日后兄弟相认，应该也不会有太大问题。

想到事情正在按着自己希望的方向顺利地发展下去，丁一莲忍不住微笑了。

自在却一头雾水。

她不知道，在"被恋爱"之后，关于她和阿仁的一个惊天大秘密正在丁一莲的策划之中。

♣ Chapter 16

天明，自在发现自己居然坐在台阶
上睡着了，她的头很舒服地枕在一
个软软的地方，鼻端还闻到一缕似
曾相识的香气。

需要在几秒钟之后，自在才醒悟过
来，自己是趴在一个人的腿上。

最近，自在的网店总会出现一些很大的订单，几乎每天都会把自在的存货扫光。每天一下班，自在就要跑到茶城去进货，忙得不亦乐乎。

一周下来，自在算了算账，这个月的营业额居然到了五位数，所以寄钱给汪清戍的时候，一次性寄上了5000元。

可是清戍却把这钱退了回来，连以前自在还给她的五千元一共一万元一起汇进了自在的账户。

自在打电话问他，他支支吾吾地说，钱已经还掉了，以后他和自在两清了。

隔一天，他怕自在不放心，又特快专递寄来一份公证书，证明他和自在之间已经没有债务。

自在更加纳闷，再打电话给他，他不接了，只是回一条短信说："你有更有力的人保护，我也放心了。"

自在心里存不住事，当即赶到火车站，坐上了开往苏州的火车，找到了汪清戍。

清戍见到自在，吃了一惊，自在说明来意，他才释然。

据说是一位姓陈的律师找到了清戍，奉上一张十万元的支票，说是帮自在来还医药费，然后又请清戍做了公证书，寄给了自在。

　　至于是谁帮自在还的钱，陈律师并没有说，只说是自在的一位长辈，稍后会自己跟自在交待。

　　"你最近真的没有认得什么新朋友？会不会是你那个做歌手的朋友呢？"

　　"你说阿仁？他跟我一样一无所有，住在小酒馆的储藏室里，怎么可能一下子拿出这么一大笔钱？如果是阿仁的话，他会当面把钱给我，让我自己来还给你，他哪里会那么专业，还请律师来办这种事情。"

　　"也许这个人很快就会出现的，你放心，如果这个人心怀歹意，你通知我，我把钱还给他，我不会让你被坏人欺负的。不过我觉得对方是善意的，说不定是你妈妈的什么朋友，背地里在帮你们呢。"

　　从清戍那里什么也没问出来，自在只能郁闷地回到了上海。

　　听说有人把医药费的欠账还掉了，可言也很吃惊，"我可没这么有钱的朋友，如果有的话，当初我就跟他借了，哪里还需要绕这么大一个弯？"

　　"那你说我们该怎么办？忽然一下子债主变成一个完全不知道的人，人家要是跑来提出什么要求，那可怎么办呢？"自在茫然无助地看着妈妈。

　　"你怕什么，钱是我用掉的，要还也是我来还，债主找上门来，我跟他们谈。"

　　"妈，我们拿什么跟人家谈啊，我凑来凑去也只有一万块。"

　　"乖女儿，把你的心放回去，这件事情你不用管了。我就不相信，法治社会，他们能怎么样？再说了，我们由始至终，可没写过一个字的借条。"

　　"妈，你这是要赖账啊？"

　　"我就是这么说说，他跟我讲理，那我慢慢还钱给他。他不讲理，我就赖账，我一个老太婆，他们能拿我怎么办？反正我说了，这件事我来解决！"

可言斩钉截铁地结束了对话，起身离开了家，散步去了。

自在一头雾水地看着妈妈的背影，总觉得她的态度有些蹊跷，但又说不出什么。

可言到了楼下，用公用电话拨通了一个号码，"喂，乐先生吗？我是自在的妈妈，我照你说的跟自在说了，其实就直接告诉她是你帮她还了钱，不就行了吗？哦，好好好，我听你的，她要是再问，我还是这么跟她讲。明天去看房子啊？好的，十点钟自在去上班以后我在小区门口等。"

别小看可言，她的第二个电话打给了丁一莲。

"一莲啊，"看来她们不止一次通话了，已经亲近得叫起了彼此的名字，"明天下午三点，我等你，我们一起跟阿仁谈谈。"

晚上，自在回到家的时候，可言已经在厨房里忙碌了，几样外面买来的熟菜，一碗酸辣汤，一碟烫青菜，整齐地摆在盘子里，看起来很精神。

"妈，今天什么日子，吃得这么丰富？"

以往的餐桌上，不过是两菜一汤，经常炒个肉丝肉片就算荤菜了，今天有自在最喜欢的目鱼大烤，是年夜饭才有的好菜。

"这算什么，人家一般家庭也是这么吃。自在，以前是我太苛刻你了，你那么辛苦，回家连个好菜也没得吃。"可言麻利地往外端着饭菜，一点病态也没有。

看着妈妈高兴，自在也受到了感染，"也是，这些天网店的生意这么好，我们也该犒劳一下自己。"

仿佛不经意地，可言随口问道："自在，明天阿仁争夺冠军的比赛，你不去现场给他助威吗？"

自在正起劲地嚼着一段目鱼，来不及回答。

可言又说："我看你还是应该去，他又没有亲人，你在那里，他会更有信心！"

自在咽下嘴里的菜，不置可否地说："我看阿仁也无所谓拿不拿冠军，你看他现在人气这么强，就算不是冠军，也已经一夜成名。比赛完了，还有北京的一位著名的音乐人帮他出唱片呢，比赛的结果对他也没什么意义吧。"

"他可以这么想，你作为朋友可不能也这么随便啊。既然参加了比赛，冠军总比亚军好吧。以前你自己参加比赛的时候，还不是常常都想拿冠军？"

"我们那种体育比赛跟这种选秀是两码事，再说了，我也没有入场证，进不去的。"

正说着入场证，乐小琪的电话跟了过来，她帮自在领好了入场证，让自在明天下午三点在电视台大门口等。

可言用鼓励的眼神看着自在，自在只好答应了小琪。

真的到了电视台大门口，自在实在是后悔了。她没想到会有那么多的无花果聚在一起，看见自在跟小琪一起走过来，几个胆子大的热情地过来打招呼："自在，你也来帮无名打气吗？"

"今天的比赛之后，我们会帮无名办一场更名活动，他说他喜欢阿仁这个名字，以后我们跟你一样，叫他阿仁！"

"自在，我支持你们！"

被人群这样簇拥着，自在觉得紧张，更紧张的还在后面。

一走进演播大厅，就有人尖叫着宣布："阿仁，自在来给你打气了！我们支持你们！"

本来只想在角落里默默为阿仁挥舞一下荧光棒的自在，没想到自己变成了焦点。更没想到的是，正在台上试音的阿仁也兴奋地回应了。

"在在，我会为你赢得这场比赛，你看着吧。"

阿仁率性的霸气，赢得了台下粉丝们的一阵阵尖叫。自在觉得阿仁越来越戏剧化了，站在舞台上的他，看起来的确像一个炫目的巨星，她为阿仁觉得高兴，但并不因为自己的受关注而觉得开心。

太戏剧化了，会让人觉得不像真的，虽然自在知道，阿仁并不是真的如报纸上所说的那样用两个人之间的故事来炒作人气，但自在还是不喜欢这种受人关注的生活。

坐在控制室里的丁一莲看见了因为自在的到来引起的骚动，她并没有出面制止，相反，她让镜头摇过去，将这些场景都拍了下来。

最后的决战，十分冗长，经过几个月的比赛，选手们就好像密集训练一样，成了十分专业的艺人，海选时的生涩，变成了舞台上可圈可点的魅力四射，在自在看来，三个人的实力，的确分不出高下。

走到全国三强这一步，其实每一位都有了自己强大的粉丝团和个人魅力。虽然受到现场气氛的感染，自在也忍不住为阿仁呼喊起来，但在心里，却并不在意比赛的结果。

台上，阿仁准备唱最后一首歌，忽然，灯光暗了下来，只余一束追光打在阿仁身上。

"各位，我知道我们这个节目现在很红，节目里插播的广告费很高，不过我还是再三请节目组给我一点时间让我说说心里话。"

台下喧闹的歌迷沉默下来，灯光里的阿仁自有一种魅力让人静下来听他说话。

"他们给我的时间很短，所以我也得言简意赅地说出我的愿望。在今天的台下，有一个女孩，对我来说是全世界唯一的，下面的这首歌，我是为她唱的，我希望在我演唱的过程中，灯光师傅能够用追光灯帮我找到她，让我能看见她的脸。展自在，在在，请大家帮我找到她。"

歌迷们被这突如其来的表白燃烧起来，几乎只用了一秒钟的时间，展自在在人群中被指认出来，追光灯直直地照在了她的身上。

自在其实就站在第一排，所以，她和阿仁可以清楚地看见彼此的脸。

摄像师也立刻分了一组镜头，对准了自在。

自在窘极了，很想离开，可是身边的无花果们簇拥着她，让她没法动弹。

音乐声起，是一首老歌《读你》。

阿仁抱着吉他，自己为自己伴奏，缓缓地哼唱起来。

他的声音，他的眼神，让人没有办法不沉醉其中。

刚才还觉得窘迫的自在，也在阿仁的歌声中感觉到了一种幸福。

全场的歌迷也激动地合唱起来，三强赛的硝烟味在这首歌的旋律中化作了丝丝柔情。

连几位重量级的评委也不禁打着拍子跟唱起来。

这已经不是一场比赛，而更像阿仁的个人演唱会了。

一曲终了，全场沸腾了，所有的观众一起叫起好来，自在也兴奋地拍红了双手。

阿仁忽然做了一个手势，请大家安静下来。

这个环节，唱完了歌曲之后，主持人应该上场请评委点评，可是主持人却没有上场，只有阿仁拿着话筒一副有话要说的样子。

人群安静下来，想探个究竟。

阿仁将吉他背到身后，从口袋里掏出一个精致的戒指盒。

有个脆弱的女歌迷忍不住惊叫了一声。

阿仁走到台前，站在自在面前，忽然认真地说："喜欢听我唱歌吗？"

自在用力地点了点头。

阿仁又说："那么，嫁给我好吗？我可以一辈子为你歌唱。"

人群沉默了，然后又爆发出更强烈的喝彩声。

无花果们把自在推到了台上，整齐地喊着："嫁给他，嫁给他！我们支持你们！"

自在完全被弄晕了，这算什么，是节目里的整人环节吗？是配合这首歌曲的情境演出吗？

可是阿仁的眼睛认真地看着自己，他打开了戒指盒，取出戒指，拿在自在的面前。

"自在，我知道我们还很年轻，谈婚论嫁还太早，但你是我从六岁开始就认定的人，我已经等了十六年了，所以，我不想再等下去了。我是个孤儿，可是在我的心里，早就有了一个家人，那就是你，在在，嫁给我吧。"

展自在还没来得及反应，阿仁已经牵起了她的手。

"你不说话，就算是同意了，那我可以帮你把指环戴上吗？"阿仁温柔地将自在的左手托在自己的掌心，然后拿出指环，准备套在自在的手上。

自在忽然觉醒，这可不是玩笑，这是阿仁在求婚。

太荒唐了。

展自在把头摇得像拨浪鼓一样，同时缩回了自己的手。

"不，阿仁，不，我没有准备好，你怎么可以向我求婚？"

自在也没有多想，她推开阿仁，一溜烟地跑下去，顺着安全出口的指示灯，飞奔而去。

台上的阿仁和台下的歌迷全部愣住了。

"快，快切广告！"丁一莲推了推目瞪口呆的现场导演。

这一个瞬间，丁一莲的收视率又达到了新的纪录，不过，第二天看见这个结果的她，并不怎么开心。

"阿仁怎么样？还在睡觉吗？"刚刚清醒，斜靠在枕头上，丁一莲就拨通了阿仁的助理小嫒的电话。

"他一夜都没睡过，一直在屋子里走来走去，还喝掉了一箱啤酒。我要不要送他去医院？"小媛已经乱了方寸。

"不用，你看着他，我会带醒酒汤和早饭过来，你只要别让他离开就行。"

展自在也没有回家，整晚，她坐在上次遇见阿润的那条后巷里，不断回想着当晚发生的事情。

天明，自在发现自己居然坐在台阶上睡着了，她的头很舒服地枕在一个软软的地方，鼻端还闻到一缕似曾相识的香气。

需要在几秒钟之后，自在才醒悟过来，自己是趴在一个人的腿上。

她连忙坐直了身体。

"你睡得真好啊！要是别人把你卖了，估计你也不知道吧。"阿润带着笑意的声音从自在背后传来。

他撑着两手向后坐着，看来是为了让自在睡得舒服一些。

"现在你需要扶我一下，我想我的腿可能麻了。"

自在羞红了脸，昨晚怎么会不知不觉就在台阶上睡着了呢？阿润又是怎么找到自己的？

"现在估计满世界的人都在找你，你有什么打算？"

"我不知道，我真的不知道，我想找个地方躲起来。"

"那好，你跟我走吧，我有个躲起来别人肯定找不到的地方。"

♣ Chapter 17

阿润健步如飞，好像眼睛看得见一
样。自在跟在他的身后，有一种很
愉快的感觉，似乎很愿意就这样和
他一起走下去。

　　"没回家，也不上班，苏州呢？她原来那个男朋友那里也没有？这么大个人，怎么可能一下子就失踪了呢？"丁一莲怒气冲冲地扔下电话。

　　小琪也不敲门，直接闯了进来。

　　"找到自在了吗？阿仁一直跟我们要人，我和小媛都要被他捏死了。"

　　"平时一个个神气得很，到了关键时候，全是饭桶，居然找了三天，也没有找到人影。这个展自在也真是的，人家只是跟她求婚，她就吓得离家出走了。"

　　"呵呵，还不是你们干得好事。阿仁说是你给他出的主意，戒指也是你帮他买好的，还说自在一心等着他求婚。我看自在和阿仁根本就是被你们摆了一道，你的心里，只有你的收视率！"

　　乐小琪气呼呼地在丁一莲的面前坐下来，"现在，阿仁说了，如果找不到自在，全国的巡演他都不参加，这个冠军他也不要了，他要自己出门去找自在。"

　　"这小子，还真是没有出息！"丁一莲狠狠地放下手中的茶杯，拿起外套，也不管乐小琪，冲出了办公室。

阿仁正在给可言打电话，"她回来拿过身份证和换洗衣服？那您为什么不问问她准备到哪里去呢？不，我不是怪您，当时你不在家？"

"把电话挂了，我们谈谈！"丁一莲走进来，很有气势地看了阿仁一眼。

阿仁也不理她，自顾自继续打着电话，"阿姨，那我们保持联系，好，再见。"

挂了电话，阿仁也不看丁一莲，站起身拿上外套就打算出去。

"你给我站住，女朋友跑了，你闹情绪发神经，也要适可而止。我已经给了你三天的时间，你还没有清醒吗？"

"我不想听你说教，那天比赛的时候我就错了，我应该追上自在跟她讲清楚的。为了你们的节目，当时我已经很给你面子了，别以为我稀罕这个冠军，我也不想成为什么明星，找不到自在，我活着也没什么意义！"

丁一莲忽然"啪"地给了阿仁一记耳光。

阿仁吃了一惊，反而沉默了。

"为了一个女人，你就否定你的人生？你对不对得起给了你生命的父母？"

"我本来就是孤儿！我的父母都不在意我，我自己为什么要在意？"阿仁回过神来，冷冷地回敬了丁一莲一句。

"你有没有想过，也许，是阴差阳错造成的误会才让你和父母失散？也许这些年你的家人也一直在辛苦地找你呢？难道你对你的父母完全没有印象了吗？"

"现在我不想谈这些，你不要转移话题。你利用我和自在的故事拉高节目的收视率，我不怪你，你是为了工作。可是，我的人生……工作是没有意义的，没有了自在，我就失去了动力。你有家人，你体会不到我的那种孤独。在这个世界上，只有一个人在意你，而你，现在伤害了那个人，你认为，你最应该做的是什么？"

阿仁不再叫嚷，他平心静气地走到丁一莲面前，诚恳地说了这一番话。

"你看，我并不是意气用事，我是很冷静地思考了以后才做出的决定，如果我合适做一个歌手，那么舞台总会等着我。可是自在已经失踪三天了，她一定觉得是我和节目组一起在戏弄她。我一定要找到她，把我的心意再一次清楚地传达给她，对我来说，这是目前我最需要去做的事！"

丁一莲看着眼前已经比自己高一个头的儿子，俊秀的脸上写满了真诚，她不禁被打动了。

这一瞬间，她很想脱口而出："孩子，你不是孤儿，你是我丁一莲的儿子。"

但理智让她闭上了嘴，这不是合适的时候。其实丁一莲自己也不知道，什么才是合适的时候，可是直觉告诉她，现在阿仁已经没有多余的精力来应对一场母子相认的情感戏了。

丁一莲深深地呼吸了一下，换上老板的身份，但语气已经相当温和。

"好，我理解你的想法。不过，你现在自己去找自在，是徒劳无功的，你说，你打算怎么找她？连她妈妈都找不到她，你有什么更过硬的线索吗？"

阿仁被她一问，倒也愣住了。

"公安交通银行，我都有些朋友，只要查查交通上面的信息，再追踪一下她的信用卡，效率比你满大街乱跑会高得多。你安心工作，我帮你找人，一有消息我就通知你去见她。"

"可是……"

"有出息一点，你是一个男人，遇上一点点事情就乱了方寸，你有什么资格去照顾一个女人？如果你精神饱满地出现在大家面前，对自在也是好事，不然的话难免会有疯狂的歌迷认为她伤害了你，说不定会做出伤害自在的事情。"

"我没想到这一点。"

"下午有记者招待会，肯定会有记者问到这个问题，你好好应对。这场风波很快就会被淡化的，等找到自在，我会给你时间跟她好好沟通。"

这一边硝烟撩人，自在却在山清水秀之中找到了快乐。

她跟着阿润到了安溪，午后，她正在阿润家的茶山上采着茶青。

"不要贪快，你又用指甲去掐茶叶了。"

阿润出现在自在身后，吓了自在一跳。

"这你也能发现？"

"指甲掐下茶青的声音和手指用力把茶青拽下来的声音是不一样的。"

"可是为什么不能用指甲掐呢？"

"你仔细比较一下两种方法采下的茶青，有时候经验比理论重要的多。"

自在翻开茶篓，仔细看了看，掐下来的茶青在断口处微微有点发黑。

"别看采茶只是个简单的动作，但对于制茶来说却是很关键的一环，你采回去的茶青的质量，是最后能制成什么样的铁观音的基础。"

"那我采的茶，能制成忘忧那样的茶吗？"

"忘忧用的是春茶，而且我采的时候是先去了茶芽，然后再等待时机只取两叶，那样的茶需要天时地利人和，不是随便就能得到的。"

"哦，那我今天采的茶，就做成自在好了，随意采了，然后随意炒炒，说不定自成一格。"

"呵呵，你的想象力太丰富了。铁观音的制作环节是十分严谨的，随意做不出好茶。"

讨论到制茶，阿润凛然间透出一缕权威的气势，让自在不好意思再嬉皮笑脸，只能手忙脚乱地采起茶来。

带着自在走到制茶室，阿润健步如飞，好像眼睛看得见一样。自在跟在他的身后，有一种很愉快的感觉，似乎很愿意就这样和他一起走下去。

阿润让自在取两个竹匾，自己走过来细细闻了一遍。

"这是干什么啊？"自在充满了好奇。

"我确定一下竹匾有没有清洗干净，茶叶很容易吸收别的味道。"

"可是这匾不是专门用来晾茶叶的吗？"

"茶叶和茶叶之间也不能串味。"

自在点了点头，对阿润的仔细很是钦佩。

阿润将自在采来的茶青温柔地摊晾在竹匾上，又用掌心试了试茶青的温度。

新采回来的的茶青，有一种淡淡的青草气，要到渐渐发酵，又会变成兰花香。

"过一会儿我叫你的时候你把它拿出来晒晒。"

阿润这样指示自在。

凉青是把刚采回来的午青鲜叶放在阴处降温的过程，叶子被正午的阳光暴晒过，此时在阴凉的茶房里稍事休息。

下午四点左右，阳光斜斜地照过来，阿润在茶房里站了站，又用手将摊凉的茶青仔细抚摸了一下，然后推开窗，让自在把竹匾挪到窗边。

黄昏前慵懒的阳光，最适合晒青。

据说乌龙茶是由一个名叫胡梁的猎人在无意间发现的。

胡梁上山打猎，随手采下一枝树叶盖在放猎物的筐上，这一天他在阳光下晒过，在树荫下歇过，也有很丰富的收获，晚上回到家，饱餐一顿之后，他闻到家里有一种十分美妙的香气。

原来那枝树叶是茶，胡梁取下几片泡了一杯茶，发现除了美妙的香气之外，这一杯茶还有特别的回甘。

原来竟是一株神茶。

胡梁十分高兴，第二天又去老地方找到那棵茶树，采了几枝回来，可是泡出来的茶却没什么香气和回甘了。

这是为什么呢？

胡梁算是个好猎人，在平时打猎时懂得分析和推理。两天里面的茶，来自同一棵树，为什么味道有这么大的区别？

他细细对比两天里的不同。

原来第一天的茶叶采下来之后放在筐子里被晒过、摇过，发酵了。而第二天的茶直接采下来就喝了，一定是这个过程产生的变化。

于是，经过不断地摸索和试验，胡梁找到了制作乌龙茶的方法。

后来，有人发现了铁观音茶树，用这种茶树上采下的叶子，经过更加细致的加工，一种韵味十足的乌龙茶名种由此诞生。

跟着阿润，自在亲身体验了铁观音的制作，感觉到制茶的神奇。

很多手法和时机没有数字化的标准，全靠经验和悟性。

铁观音属于半发酵茶，但是这个发酵的程度是百分之三十还是百分之六十，是由制茶师根据当时的茶青品质和天气状况来判断的。

包揉时候的力道和时间长短也是一样，靠的是一双手将信息传达给大脑。

茶青的发酵需要差不多12个小时的时间，然后才是制作的过程。

什么时候可以停止发酵，进行杀青，靠的是嗅觉带来的信息。

阿润走进茶房，细细体会茶青的香气，然后又走出去，深呼吸一下，再进来，终于说："可以了。"

现在铁观音的制作已经半机械化，杀青基本是用电锅，这样280度的温度才容易掌握。但阿润喜欢用手工，古法制作，讲究的是心手合一，不短不长的几分钟杀青，能决定茶的优劣，他不喜欢依赖机器替代自己的感觉。

这个过程自在只能站在一边观摩，见他的手在锅里上下翻飞，不由人惊叹他的技艺娴熟。

这一天将自在采来的茶三揉三焙之后，夜已经深了，原来兴趣盎然的展自在此时已经十分疲倦，虽然茶房里有一种十分怡人的香，但却没办法赶走她的瞌睡虫。

用文火慢慢烘干茶叶的时候，自在居然站着就睡着了。

阿润用手轻轻探一下锅里的茶，茶叶接触锅身，发出清脆的声音，这声音让阿润满意地点了点头，火候到了。

他推了推自在，轻声地说："好了，你的茶。"

自在一下子从梦中惊醒，恍若隔世。

急急忙忙将茶叶倒在匾里，看着油亮亮的成茶，自在第一次有了成就感。

喝了十几二十年的茶，只有这一锅茶是自己做的，于是连香气也觉得与众不同起来。

"你看，我是不是很有做茶的天赋？要不要喝喝看？一定很棒吧。"自在雀跃着。

阿润笑了，自己十岁的时候第一次做出茶来，也是这么兴奋。

天底下有一件事情，是我这个瞎子可以和别人做的一样好的，那一天，通过做茶的过程，阿润第一次体悟到，看不见并不是什么遗憾。

闻得到、摸得到、听得到，只要心细如发，就可以战胜看不到的先天不足。

那一边，自在并没有发现阿润沉浸在回忆中，兴奋的她蹦过来，很自然地拉住了阿润的两只手，得意洋洋地说："走，我们现在就去喝喝看。"

忽然面对面这么近地站着，敏感的阿润几乎能感觉到自在的呼吸，他变得羞涩起来，这还是他第一次这么近地体会到少女的气息。

这气息似乎比茶的香气更加美好，让人沉醉。

午龙却偏偏在这芬芳醉人的时节不知死活地跑了进来。

"做好了吗？让我看看，我被那帮小猢狲折腾了一天，累得要死。"

来要茶喝也就算了，偏偏这个五大三粗的黑胖子还很有八卦的天分，一眼又看见两个人手拉手地站着。

上次被展自在踢了一脚之后，午龙看见她总有点发怵，眼下觉得自己好像撞破了什么不该看见的，他一惊立刻跳了出去，"你们忙你们忙，我回去喝。"

其实屋子里的两个人也没有什么，被他这样一折腾，倒好像真有什么一样。自在的脸也热了起来，急忙放开了阿润的手，跟着午龙走出茶房。

"你说什么小猢狲啊？你今天干什么去了，一天也看不见人。"

"诶哟，别提了，我舅舅在村里的小学校当校长，还兼语文和音乐老师。昨天原来的数学老师回家嫁人去了，学校里的课没人上，我就去帮忙上上体育课，没想到这帮孩子，完全管不住啊！"

阿润也跟了出来，叹了口气，说："小学校的老师，总是换人，那些孩子怎么教得好。可惜我是个瞎子，不然我倒愿意长期去当他们的老师。"

自在忽然眼前一亮，反正无事，不如先解了这燃眉之急，"我去，就是不知道合不合格。"

午龙一拍大腿，喊起来："怎么不合格，你是本科生，我们学校学历最好的也不过是高中生而已。"

自在在一时之勇之后又有点胆怯,小声地说:"这可不是闹着玩,是给人上课,跟学历也没关系吧,总要有老师的资格证才行。"

阿润笑了,"那是你们上海,要求高。在我们这里,老师都是一边上课一边学习的,真正受过高等教育的那些老师,哪里肯来。"

"那我明天去试试,要是被学生轰下来,我就立刻买票回上海。"

♣ Chapter 18

看着自信满满的阿仁，丁一莲的心
里充满了忧愁。
她越来越觉得，在展自在和阿仁的
关系中，似乎是阿仁一个人的独角
戏。

虽然在去学校以前自在已经预先估计到了学校情况的恶劣，但是当她站在小学校的操场上，还是感觉到了震撼。

一排矮矮的平房是教室，教室前面水泥墩子上有一根木头的旗杆，上面飘着一面已经不怎么红的国旗，看得出有点历史了。

偌大的操场上什么设施都没有，几十个高矮不一的孩子正在听唯一的教师兼校长训话。

校长看起来没什么书卷气，眉目十分憨厚的样子，皮肤黝黑，身材倒和午龙有得一拼。看见午龙带着自在走过来，校长眉开眼笑地迎了过来，孩子们也好奇地围过来，一场晨会立刻变成了新老师见面会。

一共32个孩子，分为一到四年级，两个年级合班，一个年级上课时，另一个年级做练习，下一堂课再轮换，每天都如此。

校长说："我们这里教师少，课程多，来这里的老师都要身兼数职。一个人每学期要负责两个年级多门课，负担之重可想而知。学生有休息时间，教师却连多吃一会儿饭的时间都没有，晚上还要批改作业和备课。所以年轻教师待不住，这一次的老师情愿辞职去城里端盘子，也不愿意干了。"

自在心想，我在城里也就是个端盘子的，算是大家交换一下。

校长把数学书往自在手里一塞，愉快地说："今天的数学课就你来上吧，这是教材和教学参考书，还有半个小时，你准备一下。下面还有一堂课是体育课，午龙说你是全国武术冠军，我们都等着观摩呢。"

孩子们则对自在的运动衣和运动鞋产生了浓厚的兴趣，有一个胆大的孩子伸出小手在自在的裤腿上捏了一下，立刻就留下了一个黑黑的手指印。

校长训斥他："张晓海，你看你，谁让你摸老师的衣服了？"

憨厚的校长又陪着笑跟自在道歉："展老师，不好意思，都是山里的孩子，没见过世面。"

张晓海吃着自己的手指，也憨憨地笑了。

自在想了一下，提议说："校长，您办公室里有没有肥皂？我想今天的晨会教大家洗手，好不好？"

自在注意到好几个孩子都有把手放在嘴里的习惯，而他们的手都脏脏的，很容易将灰尘和寄生虫的卵都吃进去。

小学校用的是一口机井，清冽的地下水从水管里流出来，显得十分活泼。自在教孩子们洗干净手，还帮几个孩子洗了洗小脸，开始了她的教师生涯第一课。

因为没什么准备，自在知道自己只是照本宣科，课上得没什么质量。可是孩子们却听得很认真，偶尔有几个在板凳上坐不住，也就是扭一下身体，又伏在作业本上认真地写了起来。

中午以后，作业一本不差地全部交了上来。自在改作业的时候，一帮孩子全部挤在她的身边，看见全对的，立刻去翻封面上的名字，羡慕地议论几句。遇上错的，会很害羞地上来拿走自己的本子去订正。

还有个特别乖巧的小姑娘，自在一边改着作业，她会在一边手脚伶俐地帮自在翻作业本。

红墨水，在作业本上画一个大大的勾，全对的作业本上，写一个优，再看看孩子期盼的眼神，忍不住给他打一个五角星，立刻会听到人群里发出称赞羡慕的惊叹声。

自在第一次感觉到，自己的一举一动居然能牵动另一个人的情绪，你肯定他，他就自豪；你批评他，他很重视。

下午的体育课，因为几乎没有什么体育设施，自在绞尽脑汁地想到了办法，跟孩子们玩起来老鹰捉小鸡的游戏，玩得她筋疲力尽。可孩子们还意犹未尽，自在只好组织他们自己玩"摊烧饼"的游戏。

孩子们满操场地跑着，笑语让破败的校园显得生机勃勃。

阿润站在学校的围墙外面，听着里面的欢声笑语，脸上也不禁露出了微笑。

展自在，果然是好样的，不管在什么样的环境下，你总是那么积极主动，充满了生命力。

如果，能就这样一直把她留在身边就好了。

但阿润知道，自在不过是一个充满活力的过客而已，在遥远的都市里，她也有她的家庭和责任。

自在没想那么远，她把教材带回家来认真备课，今后的体育课也不能总是玩游戏，要想出一些锻炼孩子们体能的方案来。如果可以的话，她还想进城去买一些球类，增加孩子们课余生活的趣味。

至于什么时候回上海，再说了，自在不想去想这个问题。

周末的集市很热闹，自在拖着阿润在人群里走着，特别兴奋。

县城里的集市，是完全开放式的，大车小车手推车，摊放着食品日用品和衣服，人挤人，却也不会发生冲突。自在被一个老阿婆当成是游客，追着她要卖笋干给她，却被一个小男孩拦住了。

"婆婆，不要瞎搞了，这是我们老师。"原来是顽皮的张晓海。

老阿婆听说是老师，拿起袋子里的笋干就要塞在自在的手里。

"老师，这是我自己家里晒的，真的好吃，你带点回去吃吃。我们家晓海皮得很，他要是不听话，你只管狠狠地打他。"

老阿婆讲得很激动，唾沫星子也喷到了自在的脸上，自在倒觉得心里暖洋洋的，很有成就感。

又有几个孩子簇拥到了自在身边，他们挤在自在和阿润身边。之前一直帮自在翻作业本的瑛红明显是个管家婆型的女孩子，她拉着自在的衣服问："展老师，你是阿润师傅的女朋友啊？那你是不是就不走了？我好希望你一直教我们呢。"

自在被她说得红了脸。

瑛红又说："展老师，我们阿润师傅很了不起的，茶山上的人都知道，阿润师傅做出来的铁观音是最好的，你不要嫌他是个瞎子哦。"

小孩子说话口没遮拦，自在倒也不觉得什么，她看了看阿润，轻松地回答："是啊，我从来没感觉到他看不见呢。"

听见自在和孩子们议论自己，阿润的脸又红了。

尤其是听见自在说——我从来没感觉到他看不见呢，阿润不禁想起跟自在的初相逢，粗心的她，真的没发现自己的残疾。

即使后来知道了自己失明的事实，自在也从来没有流露出同情或是怜悯的意思，她就像对待一个平常人一样跟自己交往，这种默契，让阿润觉得难得。

一生下来就什么都看不见，虽然成长的过程中难免会有比别人更多的痛苦，但是阿润甘之如饴。也许是因为从来没有尝试过视觉的便利，所以也感觉不到失明的不方便。

又或者，人的适应能力就是这么强，不然又怎么会在地球上获得这样大的成就呢？

一路发着呆，想着心思，阿润被自在拉着走到了一处ATM机前，自在取了几百块钱，然后到文具店去买了跳绳、篮球和两副乒乓球板，以及一盒乒乓球。

"怎么，你还真打算就这么一直教下去啊？"阿润的声音里有一点期待。

"有什么不可以？这是我有生以来干的第一份有意思的工作。这些孩子，真的是淳朴的不得了，跟他们在一起，我什么烦恼都没有了，每一天都过得很充实。"

"别对他们太好，不然到你走的时候，他们会舍不得的。"等孩子们散了，阿润轻轻地对自在这样说。

"管那么多干什么，珍惜现在能在一起的时间对他们好一点，以后真的要分开了心里也没有遗憾呐。"

自在兴高采烈地盘点着袋子里的东西，很潇洒地回答阿润。

立在夕阳里的阿润却好像听见一句醒世恒言。

是啊，执着那么多未来干什么？只要今天能开开心心在一起，才是最真实的，未来的事情，谁能提早计划呢？

也许是刚刚集市的人潮太挤，也许是孩子们刚刚一直簇拥着他们，反正，不知道从什么时候开始，自在已经很自然地挽起了阿润的手，亲密地走在了一起。

两个人的背影在夕阳里拉得很长，却又显得十分美好。

上海那边，终于得到了线索。

原来自在在福建安溪，丁一莲迅速地打了一个电话出去，果然不出她所料，自在和阿润在一起。

丁一莲的脸色阴沉下来。

这个女孩，葫芦里卖的到底是什么药？难道，她喜欢的是阿润而不是阿仁吗？

那又为什么十几年间一直不间断地寻找阿仁呢？

难道不是为了那份青梅竹马两小无猜的青涩爱情吗？

正在犹豫如何告诉阿仁，阿仁已经心急火燎地冲了进来。

"我听小琪说，你们有了自在的消息？她在哪里？我现在就去找她。"

"你先坐下来，我让他们给你煮一杯奶茶。"丁一莲心疼地看着有些憔悴的儿子，这些天他的工作排得很满，一天几乎只能睡四五个小时，但还心心念念记着那个不答应他求婚的女孩。

从一个母亲的私心来讲，看着儿子如此痴迷于一个没什么家世背景的孤女，丁一莲的心里很不是滋味，尤其这个女孩好像不怎么投入于这一场恋爱。

阿仁瘫坐在沙发上，将秘书拿来的奶茶一饮而尽，然后长出了一口气，说："总算找到她了，我真的急疯了，生怕她出什么意外。"

"她在福建的一个小县城，叫做安溪的地方，那里是著名的铁观音的产区，也是我的故乡。"

"是吗？自在喜欢喝茶，她一定是到茶山去散心了。"

"记得以前新闻里出现过的一个叫做阿润的盲人吗？他曾经在自在家住过。"

"哦，我听自在说过，据说是个对喝茶很有研究的人，是自在的朋友。"

"自在就和他在一起，住在他家里。"

"难怪呢，我想自在也没有亲戚朋友，能住到哪里去，难怪可言妈妈和我都找不到线索。"

"阿仁，你的头脑还真是简单，你有没有想过，自在为什么会在他家？他们是什么关系？"

阿仁的表情一窒，又释然了。

"你看你，跟那些小报记者一样八卦，自在一定是没地方去，想找一个没有人会追踪采访她的角落躲起来，所以才会选择住到山里的朋友家里去嘛。"

"也许，她喜欢那个叫阿润的男孩子呢？"

阿仁费解地看着丁一莲。

"也许，他们两个才是恋人关系，所以她才会拒绝你的求婚呢？"

阿仁再次费解地看着丁一莲。

"阿仁，你跟自在真的相爱吗？为什么你一门心思觉得她会愿意跟你一辈子在一起呢？"

阿仁忽然大笑起来。

"我们早就约好的，不是吗？我在她六岁的时候就跟她约好，要和她一辈子在一起，做一家人，我和自在都是信守诺言的人，我不相信自在会是个背信弃义的人。"

丁一莲看着自己的儿子，觉得匪夷所思。

都什么年代了，还有这么一根筋的人，这样的年代，谁还会把小时候的约定当真？如果不是可言出了岔子，之前自在就已经准备嫁给汪清成了，在自在的心里，阿仁就是个孤儿院的朋友吧，只有阿仁自己不明白。

算了，也许只有让他自己去面对，他才会明白。

男孩子，总要经历初恋的失败，才会成长。

"我给你地址，你自己去找吧。也许等你找到她，你就明白了。"

"你不跟我一起去吗？那里不是你的老家吗？去看看你的亲戚朋友？"

"我就不去了，你好自为之吧。"

阿仁兴奋地弹跳起来，"好，那你把我后面的工作重新安排一下，一天去一天回来，我就只请两天的假。"

看着自信满满的阿仁，丁一莲的心里充满了忧愁。

她越来越觉得，在展自在和阿仁的关系中，似乎是阿仁一个人的独角戏。

　　阿仁走后，丁一莲立刻拨通了小嫒的电话，让她注意阿仁的一举一动，随时报告。

　　想了想，她又打通了乐小琪的电话。

　　"我知道你很关心阿仁，他明天去福建找自在，我建议你悄悄地跟着他，从我得到的信息来看，自在不见得会跟阿仁回来。我倒不担心自在，我怕在福建，阿仁会受到打击，你随时跟我保持联络。"

♣ Chapter 19

"那我们就一辈子不要见面吧！"
这一次阿仁没有再火冒三丈气势汹汹，而是冷静地扔下这一句话，离开了。

　　当阿仁风尘仆仆地站在小学校门口的时候，他看见的是神采奕奕正在上课的展自在。她黑了，瘦了，但是精神很好。

　　"自在！"阿仁没心没肺地大叫起来。

　　这一声喊，小学校炸开了锅，孩子们陡一见到阿仁，全部吃了一惊。

　　然后就呼啦一下子围了过来，居然还有几个是看了电视认得出阿仁的，尖叫起来，又羞涩地不敢接近他，只是在外围大声议论着："是那个明星，我在电视上见过！"

　　阿仁的穿着立刻吸引了孩子们的注意，他们摸着他裤子上挂着的链子，又研究他皮靴上的铆钉。阿仁也不管他们，一直冲到了自在面前。

　　自在看见阿仁，第一反应是要逃走。

　　糟了，他一定是来骂我的，当着那么多人的面，我拒绝了他的求婚，以这小子的脾气，怎肯善罢甘休。

　　可是后面涌出来的孩子又拦住了自在的去处。

　　连校长也兴奋地冲出来凑热闹，"哎呀，真的是大明星，我女儿最喜欢你了，你一定要给我签个名。"

　　自在尴尬地看着这一片混乱，拨开人群，就想离开。

阿仁跟在她的身后，可怜巴巴地一迭声叫她，让她又不忍心丢下他不管。

"你真是的，到哪里都不带脑子，我在上课，你跑来干什么？"

"自在，跟我走吧，我知道错了，随便你怎么惩罚我，好不好？只要你跟我回家，就算你不管我，你也不管你妈了吗？"

听到这句话，自在也不得不停下来。

"我妈她还好吧？"

"挺好，我接她来跟我一起住着。就是担心你。"

自在正要开口再问，却看见瑛红和张晓海眼珠子乌溜溜地看着自己，再回身一看，全校的几十个学生和校长都饶有兴致地一起旁听着两个人的对话。

自在有点气恼，她看了看阿仁，一时也想不出什么解决的办法，但也不想就这么在众目睽睽之下跟他聊家常。

校长看出自在的为难，解围道："展老师，你有客人，就先回去吧，我让他们自习。好了，全体向后转，跑步走，回教室。"

孩子们不情不愿地撤了回去，可还是隔着教室的窗子看着自在和阿仁。

张晓海把书本往桌子上一拍，气恼地说："这个城里人一看就是来接展老师回去的，我就知道她待不久。"

瑛红反驳他："不可能，展老师是我们阿润师傅的女朋友，不会跟他走的。"

又一个小姑娘加入战团，"你不懂吧，刚才那个人是城里的大明星，展老师肯定会跟他走的，人家可比阿润师傅强多了！"

孩子们七嘴八舌地议论着老师的事情，这一边老师却正在生气。

"你看你，这样让我明天怎么回学校去上课？你让我在学生面前的面子都丢光了。"

"丢光就丢光好了,自在,这是明天的机票,你现在就收拾东西跟我走!"

"干吗?我不回去,我在这里挺好的。"

"好什么,你看你又黑又瘦,这种破房子好像风一吹就会倒的,你怎么能住在这里呢?你不收拾也行,反正回去全部买新的,我们这就走。"

阿仁也不等自在回答,站起来拉起她的手就要离开。

"阿仁,你什么时候变成这样?我为什么要听你的?我跟你是什么关系轮得到你来管我?"展自在被阿仁的自作主张弄得心头火起,忍不住喊了起来。

阿仁一愣,面色变得很难看。

展自在也意识到自己的话说重了,又想挽回,阿仁已经喊了起来。

"我们不是一家人吗?你说我跟你是什么关系?一个男人一个女人,没有血缘关系,却约好了要做一家人,你说他们两个是什么关系?"阿仁也火了,他把勒住自己的背包一下子将到地上,同时质问自在。

阿仁火了,自在倒冷静下来,她知道是时候跟阿仁好好讨论一下这个话题了。

"可是阿仁,那只是我们小时候的约定啊。现在的我们,已经跟以前不一样了。我们只是小时候一起长大的朋友,又不是娃娃亲。你没有必要因为小时候的约定这么耿耿于怀,你所指的那种关系是要以爱情作为基础的,不是小孩子过家家诶。"

"自在,你这样说,我真恨不得立刻就去死给你看!"阿仁绝望地叫了起来,"你认为我这样千里迢迢来找你,是为了什么?如果这不是爱,你认为会是什么?你以为我是白痴啊?就是因为爱你,我才会向你求婚,就是因为爱你,我才想一辈子跟你在一起,六岁的我和今天的我，没有什么不同。可你，却认为我只是跟你玩游戏？你哪只眼睛看出来我像在玩游戏啊？"

自在震惊了，这是阿仁第一次明明白白说出她的心意，这让她心乱如麻。

这小子，不是开玩笑的，可是他又怎么会爱上自己呢？

十几年没有见面，就算遇见之后，也是一片混乱，这样的状况下，哪里有可能萌生爱情？

"不，阿仁，你不要这么说，你这样弄得我很难受。真的，在我的心里，你是我的亲人，就像我的弟弟一样，我并没有把你据为己有的意思，我……"

自在并不擅长应付这样的局面，看着两眼喷火的阿仁，她既觉得心疼，又觉得害怕，好像他已经变成一团炽热的火球，再燃烧下去，两个人只能同归于尽。

有人及时打破了僵局。

"自在，你有客人来了吗？"阿润笃悠悠地走了进来，"干吗不到客厅去，我准备了好茶，一起来喝杯茶，慢慢聊吧。"

阿润看不见阿仁，但阿仁看见阿润，却好像有一种春风拂面的感觉，这个从未谋面的陌生人，怎么有一种特别亲近的感觉？

自在看见阿润，却有一种特别尴尬的感觉，好像自己和阿仁之间的对话，如果被阿润听见了，很不光彩似的。

阿润其实听见了所有的对白，他是带着震撼的心情走进自在的房间的，听见另一个男人，对自己喜欢的女孩说出那么直白的情话，这在阿润是今生绝无仅有的经验，原来，作为男人，可以这样毫不遮掩地表达自己。

也许这样的男人，才配得上活力无限的自在吧。

他怕自在在气头上将话说绝，所以才走进来，把斗牛一样顶着的两个人分开。

阿润的家，是一座老宅，自在住在西边的厢房里，有自己的小庭院，通过走廊走过来是阿润的东厢房和院落，平时，自在也不怎么到阿润这边来，更没有见过阿润的家人。

当阿润领着自在和阿仁穿过自己的东厢房走向客厅的时候，自在才发现，原来老宅别有洞天。

所谓的客厅是一处很开阔的厅堂，挂着写意山水的中堂，清一色的明式家具，两旁的花几上供着兰花。

"这房子有一百多年了，是我爷爷的爷爷建的，一直传到现在，有点残旧了，不要见怪。"阿润淡淡地对阿仁说。

阿仁看着堂内清幽的摆设，总觉得似曾相识。

也许是因为这里的陈设跟很多江南园林很像的缘故吧，阿仁这样开解自己。

阿润招呼阿仁和自在分别坐下来，然后起身准备去取水。

远远的，传来脚步声，阿润笑了笑，介绍说："是我父亲，自在也没见过吧，我来介绍。"

说话间阿润的父亲已经走了过来，这是一个长相十分清俊的中年男人，穿着棉布的中式衣服，一看见自在和阿仁，就主动打起了招呼。

"你们都是阿润上海来的朋友吧，我听说了，怠慢怠慢，晚上在家里吃饭吧，我让午龙好好去办几个菜。这位小朋友刚到吧，晚上住在我这里好了，到了我们善水堂，都是好朋友。"

自在微微笑着跟他打了招呼，他却径直走到阿仁的面前。阿仁伸出手跟他握手，可他不仅握住了阿仁的手，好像还有拥抱他的意思，但终于还是控制下来。

"我们家姓胡，据说是乌龙茶创始人胡梁的后代，这已经无从考究了，不过这善水堂传了一百多年，可是实实在在的。阿润，今天有好朋友来，你去我房间把那一泡茶取过来，我们一起喝茶。"

胡伯伯很是自来熟地坐了下来。

阿润很诧异地问："爸，您说的是今年春天的那一泡善水茶吗？那不是每年年夜饭才拿出来喝的吗？"

"是啊，今天难得见面，我有兴致，去拿吧。"

自在和阿仁面面相觑，没想到阿润的爸爸会这么重视孩子的客人。

阿润也十分纳闷，自在来了这么多天，爸爸都不出来见客，本来他就是隐居在家里的人，不见人倒很正常，可是今天是怎么了，兴致这么高。

一泡茶，喝得展自在如痴如醉。

"以前，喝到忘忧的时候，觉得那是天下间最好的味道。今天喝到这一泡茶，才体会到山外有山天外有天的道理。"自在由衷地赞叹。

阿仁却有点找不到要领，"我不懂茶，只是觉得这一杯茶喝下去，人很舒服，想就这么一直喝下去，至于好在哪里，我领会不到。"

自在冲他翻了个大大的白眼。

胡伯伯却频频点头，"你这句话，已经很有悟性，好的茶，就是要和人融为一体，成为味觉的一部分，这就是所谓的醇和之味。做人也是一样，跟人相处，让别人感觉不到压力，别人自然也就乐于和你在一起。"

阿仁看了自在一眼，若有所思。又觉得这胡氏父子都有一种让人很想亲近的意思，刚刚跟自在吵得面红脖子粗的那种气愤，好像也渐渐淡了一些。

这一夜，大家相安无事地吃了饭，山里清静，早早地回房睡了。阿仁很想再和自在谈谈，可被阿润父子送进客房住了下来，一时间又觉得不知怎么跟自在继续刚才的话题。

自在掩上门，却睡不着。

这一夜，睡不着的又何止自在一个人，阿润父子都没有睡着。

第二天一早，阿仁又等在自在的门口，晨风里的他，看起来有点憔悴，但还是清新得让人心疼。

这一次他没有大吼大叫，反倒让自在不知所措了。

"自在，也许你觉得现在结婚太急，对不起，是我考虑得不够周到。但是，我对你，是真心的，我说不出那些花言巧语来兜圈子，我只是想面对面地把我的心意传达给你，如果你有一丝的疑虑或不安，请你都告诉我，好不好？"

看着阿仁诚恳的脸，自在的心揪紧了，她的心里充满了感动，感动于阿仁的单纯和真诚。可是，在经过一整晚的考虑之后，自在也知道，现在在自己的心里有的只是感动而已。

她不能让阿仁再这么错下去。

"好，那么，让我明明白白地告诉你一次，阿仁，我很喜欢你，在这个世界上，你也是我最在乎的人，但是这不是爱。对我来说，身为孤儿的我，一直把你当成一个温暖的梦想，你代表了我的家人。"

"那不是很好吗，我们的想法不是一样的吗？"

"不，不一样，家人不一定是爱人，我想，我由始至终并没有爱上过你，我对你的感情，就像一种血缘关系，可是，那不是爱。如果是爱的话，我怎么可能那么容易爱上别人？"

"你是在为你的那个大学里的未婚夫感到愧疚吗？可是我并不在乎啊！"

"阿仁，相信我，你这么真诚，这么善良，我真的很希望我能爱上你，可是，我清楚地知道，我对你的感情，不叫爱。所以我才会离开，因为我也搞不懂我自己，为什么就没有爱上这么好的你呢？对不起，真的，对不起。所以，我总有一天会回去，但是我不能跟你一起回去，我要从你的生活里彻底消失，一直等到你不再爱我的那一天，也许我们才能见面。"

　　自在的思路一下子畅通了，她搞明白了这些天一直困扰在心头的所有事情，并把它一股脑儿地全部倒了出来。

　　"那我们就一辈子不要见面吧！"这一次阿仁没有再火冒三丈气势汹汹，而是冷静地扔下这一句话，离开了。

　　自在没有去追，追出去也无济于事啊，他要的，你不能给；你给的，他并不满足。早一点说清楚，伤害才会最小吧。

♣ Chapter 20

"其实我一直是在意的。"阿润低低如耳语一般地说了一句,却像重锤一样敲在自在的心头。

一直在意着,所以他不会尝试着走进别人的生活;一直在意着,所以,他也不会打开自己的心扉。

这句话是一个句点,点在两个人的中间,将他们的故事终止在了目前的状态。

　　阿仁并没有一走了之，他在客房住了下来，不过他真的不再和自在见面了。胡伯伯好像也很欢迎这个不速之客，每天陪他喝茶，据说两个人也不说话，就这么面对面地坐着。

　　"阿润，阿仁还没回去吗？"自在有些着急了。这家伙，应该有不少工作要去做的吧，怎么一点也不着急回去呢？难道自在在这里住一辈子，他也打算住一辈子吗？

　　"他跟我爸好像很投缘，说真的，他是个很好的男孩子，虽然我看不见他的脸，但我感觉到他的心是很真诚的，你打算考验他到什么时候？"

　　自在忽然恼了，"什么叫考验他？你懂不懂？我这叫拒绝他。"

　　"那你为什么不能接受他呢？"

　　"我……我不爱他，怎么接受？"自在说着说着声音又低了下去，这个阿润，一副事不关己的样子，这种状态让自在觉得受到了伤害。

　　"你为什么不能爱他呢？"阿润叹息了一声，好像为阿仁惋惜一样。

　　"你很希望我爱上他吗？你真心这么想吗？"自在忽然不依不饶起来。

"我只是个瞎子，我的想法对你不那么重要吧？"阿润淡淡地说。

"现在你又在意这个了。"

"其实我一直是在意的。"阿润低低如耳语一般地说了一句，却像重锤一样敲在自在的心头。

一直在意着，所以他不会尝试着走进别人的生活；一直在意着，所以，他也不会打开自己的心扉。

这句话是一个句点，点在两个人的中间，将他们的故事终止在了目前的状态。

房间里变得安静下来，只有炉火炽热的声音，展自在的心却越来越凉。

上帝，你真的是很喜欢跟我开玩笑啊，爱我的，我不爱他，我爱的，似乎无法爱上别人。爱情，注定是这样一种互相残杀的游戏吗？

最后，谁都没有赢。

阿仁没有走，自在却收拾行囊准备离开了。

临走的时候，她到学校去跟孩子们告别。新老师已经来了，可孩子们还是飞奔着冲出了教室，他们把自己家采的西红柿，自己阿婆做的菜饼，自己从高山上打来的泉水，忙不迭地塞进自己的手里。

"展老师，你什么时候回来？"

"展老师，你说要教我们打篮球的，不要忘了噢！"

孩子们殷切而热情地看着自在，交待着自己心里最想说的话，没有一个人抱怨说——展老师，你怎么就走了，你不要我们了吗？他们很懂事，似乎理解自在所做的选择。

那一刻，自在很想留下来，但是看着阿润平静的面孔，她的心里一阵抽搐。她背好行囊，坐上了午龙的摩托车，绝尘而去。

自在走了，阿仁却留了下来。

"她回去了，你呢？不追她去吗？"餐桌上，阿润这样问他。

"她要我直到不爱她的那一天，再跟她见面。我想，这一辈子，我都不用去追她了。"阿仁笑了笑，好像对目前的状态很满意。

"阿润师傅，如果我一辈子住在你们家，跟你们学做茶，行不行啊？"阿仁一本正经地说。

"别开玩笑了，你不是有更合适你的工作吗？"阿润淡淡地说。

"什么叫合适？连我自己也不知道啊！我十六岁的时候，跟孤儿院的院长吵翻了，负气出走，走到街上，才发现身无分文根本无法生存，于是我就去一间很破的夜总会打工，一天玩话筒的时候被夜总会的老板发现我会唱歌，于是就开始了在夜总会做歌手的生活。为了找到她，我才去上电视参加选秀节目，就这么莫名其妙地成了歌手。"

"那么，你自己到底想干什么呢？"

"不知道，以前我只有一个愿望，就是找到自在，跟她在一起。可她，不需要我，我的人生变得可有可无了。如果你们愿意收留我，我就在这山里做一辈子的茶农也好啊。"

阿仁叹了口气，百无聊赖地说。

阿润正要说话，一阵急促的脚步声打断了他。

丁一莲气势汹汹地冲了进来，后面跟着一脸茫然的乐小琪。

看见阿仁，乐小琪愉快地冲了上来。

"阿仁，你在这里啊，我在机场上了个厕所，就把你给跟丢了。还是她厉害，不知道怎么查的，居然查到你躲在这个鸟不生蛋的地方。呵呵，这里很有趣，晚上闹不闹鬼？"

"小琪，你给我闭嘴！"丁一莲气愤地哼了一声。

小琪吐了吐舌头，靠着阿仁坐了下来。

阿润对此并不诧异，一定是父亲将阿仁的行踪告诉她的，对于这位离开多年的前妻，父亲向来言听计从。

"好，你们父子兄弟算是相认了，是吗？阿仁，你找到了父亲哥哥就打算不回去了？"丁一莲一脸气愤的表情。

"一莲，你瞎说什么。"阿润的父亲急匆匆地赶来，打断了丁一莲的话。

阿润却听得真切，他的手一抖，一只品茗杯应声落地。

"你说什么，阿仁就是弟弟？"

丁一莲十分聪明，立刻意识到了自己的失言，但也没办法再说什么来挽回了，只能把火撒向前夫，"胡泽群，你怎么办的事，也不跟我讲清楚。"

"坐吧，大家都坐下来，喝着茶，才好谈话，火气也不至于这么大。"

老胡不疾不徐地在上首坐下来，示意阿润泡茶，阿润的手却抑制不住地颤抖起来。

"你还是没到火候啊！"胡泽群将阿润面前的茶具移到自己面前。

阿仁后知后觉地看着混乱的场面，一时没有梳理过来自己在其中的位置。

"今天我们一家人能坐在一起喝茶，也算是天意吧。小琪，你是客人，我来向你介绍一下我们家的几位成员吧。这位你叫做丁姨的，是我十六年前离了婚的夫人，阿润你知道的，是我的大儿子，而这位阿仁，就是我们家失散的小儿子，也是阿润的双胞胎弟弟。"

这一次，轮到阿仁失手打掉了手里的品茗杯。

"你看，双胞胎的反应还真是有默契啊。"胡泽群淡淡地开了一句玩笑，当然并没有人笑得出来。

自在并不知道在胡家上演的这一幕亲子团聚的悲喜剧，由火车站一路疲惫地回到家，却发现门打不开。

敲开门，出来的是一个陌生的阿姨，看见自在她一脸狐疑。

"你找谁？"

自在看了看门牌，没错啊，是自己的家。

"我，回家啊，这里不是秦可言的家吗？"

"你说她啊，搬走了，她说要是她女儿找来，就给她地址。"

循着地址，自在在一处清幽的小区找到了她的新家。

这是一套精致的两房两厅，小高层的八层，装修一新。看见自在，可言像见了凤凰一样地兴奋不已。

"自在，你总算是回来了，是跟阿仁一起回来的吗？他人呢？快进来洗手，我给你去热晚饭。"

自在觉得自己一下子掉进了一个梦，是的，这曾经是自在的梦想，和妈妈一起搬进这样的房子，过上富足的生活。

可是，真的成为现实，自在却疑惑了，因为她知道，世界上没这么好的事情，什么都没有做，就能实现梦想吗？

面对可言摆上桌的精致丰盛的晚餐，自在却没什么胃口，她的心里堵着太多的问题。

房子是哪里来的？是阿仁租的吗？客厅里摆着很多阿仁的照片和海报，显而易见这些天就像阿仁说的那样，可言是和阿仁住在一起的。

这太荒唐了。

但看着可言殷切的笑容，自在说不出责备她的话。

"自在，这房子虽然是阿仁公司替他租的，但实际上是我们自己的房子，等一下我拿房产证给你看。你知道吗，阿仁原来有一个很有钱的继父，他替我们还了十万块的债，又送了我们这套房子。"

自在一惊，直觉觉得不妥，"妈，你不是遇上骗子了吧，阿仁明明就是孤儿，哪来的继父？又凭什么对我们这么好？"

这一边可言跟自在交待着事情的来龙去脉，那一边阿仁也终于弄清楚了自己的身世。

他并没有自在那么强烈的反应，而是一言不发地回了自己的房间。

阿仁躺在床上，看着墙壁上挂着的一张黑白照片，这毫无疑问就是他的全家福。照片上一个年轻漂亮的女人和一个文秀俊逸的男人分别抱着两个男孩，那时候的阿仁和阿润，长得几乎一模一样，是名副其实的双胞胎。

如今，阿仁回想着阿润的脸，因为小时候营养不良，阿仁比阿润矮小一些瘦弱一点，但两个人的五官的确是一个系列里的。

没想到，阴差阳错的，为了寻找自在，却最终找到了自己的家人。

客厅里，丁一莲疑惑地问自己的前夫："你看我们需不需要守在他的门口，他会不会想不开离家出走啊？"

阿润冷冷地说："你又何必在意？既然你当年把他留在孤儿院的门口，不就已经打算放弃他了吗？"

丁一莲很想说点什么，但看着儿子痛苦的脸，终于还是选择了沉默。

老胡决定打破僵局："这是喜事，我们终于找到了弟弟，而他，还是这么出色。老天爷对我们已经很是眷顾了，我们一家人又何必闹得这么不开心呢？"

"爸，她跟我们已经不是一家人。"

"胡说，我们虽然已经不是夫妻，但她是你们的妈妈，怀胎十月千辛万苦把你们生下来，又把你们辛苦带大，你没有资格这么说她。"

爸爸的训斥让阿润低下了头。

他不是不记得，小时候妈妈怎么手把手地教他洗脸刷牙上厕所，怎么把他抱在怀里安慰生病的他，可是，越是记得这些，他越是不能原谅她的离开。

如果一早决定要走，为什么要对我们这么温柔？

为什么生下孩子，又要离开他们？

阿润的心，纠结在自己提出的问题当中，变得炽热和痛苦，他不知道该怎么化解这种痛，毕竟一切已经不可能重来。

坐在十几年都没有回来过的曾经的家，丁一莲也十分感慨，当初，是怀着怎样的勇气选择离开的呢？

十八岁的时候，她就是县里很有名的刀马旦了，却因为和胡泽群的一见钟情，抛下工作来到这座茶山，那时候她是打算要为爱情奉献一生的。

但当孩子一天天长大，心里一天天变得空虚起来，这就是我的一辈子了吗？每一天都看得见结尾。

省里的剧团来演出，她见到了自己的偶像，著名的刀马旦张琪。舞台上那个光彩照人的穆桂英，似乎是她曾经梦想过的人生，于是她迷失了，她想要更多。

也许她是错了，但似乎，她并不后悔。

听完可言的讲述，自在却是吃惊不小。

阿仁和阿润原来竟是双胞胎兄弟，而那个不可一世的丁一莲，居然是他们的母亲。

难怪那时候阿仁说："我不是孤儿，我妈妈会来接我的。"是因为掉在水池里发了高烧之后，他才把童年的记忆都给忘了。

而阿润，一次次出现在向阳孤儿院的旧址，是为了寻找弟弟的线索。

想到阿润，自在的心又觉得抽搐了。

回到喧闹的上海，呼吸里都是难闻的尾气味道，满眼是喧闹的人群和车流，阿润变得更加遥不可及了。

闷闷不乐地去睡觉，自在在崭新陌生的房间里辗转反侧，她不想一见面就和可言争吵，但是心里却很不认同可言的做法，怎么能收下这座房子作为谢礼呢？明天，一定要和妈妈好好谈谈。

♣ Chapter 21

照片上是阿润、自在和孩子们一起
拍的合影，自在主动把头靠在阿润
的肩上笑得如花般灿烂。
阿仁呆了呆，又不动声色地将照片
还给了张晓海。
原来，自在喜欢的人是他。

"不还！这是别人送给我的，我为什么不能收？他没有任何的附加条件，我为什么要拒绝别人的好意？"

一向温婉的可言，却有一个死穴叫做房子，上一次为了用房子换医药费的问题，她跟自在在医院里差点脱离母女关系，这一次，她更是斩钉截铁地拒绝了自在的提议。

"妈，我跟阿仁什么关系都没有，怎么能收人家这么重的礼呢？"

"我不管，多少人奋斗一辈子都买不起一套房子，现在你让我把到手的好处还回去，是个人都会觉得我是白痴。你有没有到他们乐家去过？他们的厕所都比我们原来的家还要大！是他自己愿意送给我的，又不是我跟他要的。再说了，你为什么不能接受阿仁？他对你死心塌地，你呢，不是也一直很喜欢他吗？依我看，你跟他结了婚，以后就是乐家的女主人，从此过上衣食无忧的生活。自在，妈妈穷了一辈子，知道有钱的好处，妈妈还不都是为你好？"

自在说服不了可言，反过来却被可言数落了一通，只能郁闷地打开电脑，查看自己的网店。

可言又跟过来，"你知不知道，之前你网店上的那些大生意，也都是乐先生的朋友下的单。他说了，只要你喜欢，他可以给你钱，让你在最热闹的商场开茶叶店。生意你不用愁，他自然会介绍一些大企业大集团跟你来往，一年的礼品生意就够你赚的。"

"妈，我不想听这些话。"

"那你想听什么？你以为现代社会只要辛辛苦苦努力工作就能发财致富吗？你看看我这一辈子，就是这么过来的，结果呢？差点连救命的手术都没钱做。自在，你虽然不是我亲生的，但我真的是一心为你着想，等阿仁回来，你们好好谈谈，能定就定下来。你嫁到这样的人家，我就是死了也瞑目了。"

自在觉得自己好像堕入了一部陈旧的年代剧，好像《倾城之恋》里白流苏母女的对话。什么时候，在母亲的眼里，结婚成了一桩生意，衣食无忧好像才是人生的意义一样。

自在关了电脑，烦闷地走出家门。

坐在小区的鱼池边上，自在掏出手机看着上面的照片，这是在茶山的时候和孩子们一起拍的，张晓海的脸上还有黑黑的泥印子。

这些孩子脸上纯真的表情，也会在他们走上社会之后，幻化成一张张斤斤计较的脸吗？

自在走到门口的小店，将照片打印出来，又去邮局寄了挂号信到学校，让校长交给孩子们。

做完这一切，她觉得一片茫然。

天地之大，该到哪里去呢？

回到家，继续听妈妈的现实主义教条？搞不好会忍不住跟她吵起来。

不回家？能去哪里？工作已经辞掉了，完全无所事事啊。

生命好像就这样一下子停止了。

22岁的展自在试图为自己分析一下活着的意义，却将自己的心情推到了绝望的境界。

在别人的帮助下心想事成梦想成真，展自在的心情却无比的郁闷。因为，她失去了一直支撑着自己活下去的动力。

那种感觉，就好像面前摆着一道你很喜欢吃的菜，你正要去品尝，却有人将它嚼好了喂到你的嘴里，你会觉得开心吗？

可言也渐渐看出自在的不对劲，虽然人坐在面前，但心思却飘得很远，母女俩的隔阂一天天地大了起来。

阿仁那边的事情，也越闹越大了。

自从回到茶山，他就没有再出现，报纸上关于他的传闻甚嚣尘上，据说他处于无法联络的状况，很多原先约定好的活动，都不能如期参加。

丁一莲在阿仁的房门口劝了他三天，终于忍无可忍地回到了上海。

她走后，阿仁没事人一样地出来了，他告诉父亲和哥哥一个惊人的决定："我不打算回去了，既然我天生就应该是一个茶农，那么我就留在我应该在的地方，好好做我该做的事情。"

不过，他实在不是这块料。

采茶的时候，他踩坏了刚发出来的茶苗。

帮忙做茶的时候，又手忙脚乱将茶青撒了一地。

别人还没说他，他自己倒气急败坏起来，蹲在门外的石墩上抽起了烟。

忽然，一颗小石子打在他的身上。

他一回头，看见的是张晓海拖着鼻涕黑乎乎的小脸。

阿仁认得他是自在教过的小学生，便伸了伸手招呼他过来。

"我才不理你，你是我们阿润师傅的敌人！"张晓海很拽地说。

阿仁笑了，"小东西，你知道什么是敌人？我是你们阿润师傅的弟弟，怎么会是敌人？"

"瑛红说的，展老师原来和阿润师傅很好的，你来了以后，展老师就走了，是你把展老师气走的。"

阿仁被张晓海颠三倒四的话语逗乐了。

"那我应该是你们展老师的敌人，跟我哥有什么关系？你过来，我跟你聊聊。"

"反正我也搞不懂她们女人说的事情，不过，既然你是阿润师傅的弟弟，那么我看你不是坏人。"张晓海也有他的逻辑。

"你说，你们展老师原来跟我哥哥很好的，是什么意思啊？"阿仁若无其事地问。

"这你也不懂啊？我给你看照片。"张晓海献宝一样地拿出一张已经有点皱巴巴的照片，"给你看。"

照片上是阿润、自在和孩子们一起拍的合影，自在主动把头靠在阿润的肩上笑得如花般灿烂。

阿仁呆了呆，又不动声色地将照片还给了张晓海。

原来，自在喜欢的人是他。

自在为什么又会走呢？是自己的到来造成了误会吗？

满怀心事走回家的阿仁，看见阿润在廊下喝茶。

只见他娴熟地分出两杯茶来，一杯给了自己，另一杯向空着的座位让了让，做了个请的手势。然后自己默然地喝下了手中的茶。

阿仁慢慢走到他的身后，忽然问他："这一杯，很苦涩吧。"

阿润愣了一下，淡淡地回答说："茶，都有点苦涩，但在苦涩之后，好茶会有回甘，慢慢地由心底回荡上来。"

"你就打算这样一辈子一个人喝着两个人的茶吗？"

阿润笑了笑，将另一杯茶举起来，"如果你愿意，我可以跟你分享。"

阿仁忽然爆笑起来。

"你是说让我和你一样住在这空荡荡的房子里，从回忆里寻找快乐吗？我才不会呢。是啊，我爱上了展自在，爱了很久，可是她不爱我，我怎么穷追猛打，做到极致，她还是不爱我。那也是没办法的事情，但我不会后悔，而且，这世界上，也不是只有一个展自在的，总有一天，我会遇见另一个与我倾心相爱的人。"

"自在，她和别人是不同的。"阿润叹息了一声。

"既然她这么不同，你为什么让她走了？"

"我？我有什么资格留住她？就像当年，爸爸不会留住妈妈一样。我们的生活属于这里，而她们，都属于更加精彩的世界。如果爸爸和我们两个人当年都留不住妈妈，你认为什么都看不见的我，又能留住谁？"

阿润长长地呼了口气，稳住了自己越来越急促的呼吸。

阿仁的语气变得不屑起来。

"哥，你和六岁时候的你，没有两样。那时候的你，不敢离开家门，现在，你，也不敢离开你自己的世界。听说，你在自责中生活了十六年，我想，也许你会在自责中过完你的下半辈子。"

阿润的手颤抖起来，但他没有说话。

阿仁又说："我算是跟你道过别了，明天一早我就走了。也许妈妈是对的，有的人可以留在这里一辈子，有的人却注定要离开。这些天我想明白了，我要回去工作了！只有站在舞台上，我才像一个我。还有，我从来就没有怪过妈妈。这些天，我只不过是跟你们撒撒娇罢了，失去过一次，我不会再失去第二次了，你也一样。"

不过当阿仁出现在丁一莲的办公室的时候，迎接他的却是一个气咻咻飞过来的文件夹。

"你看看，这些都是因为你违约我们在打的官司。你知不知道，因为你的不懂事，整个公司的人加了多少班吗？"

阿仁手脚并用地躲开袭击，嬉皮笑脸地凑到丁一莲面前，"自从我从你的摇钱树变成你的儿子以后，你对我的态度是一天不如一天了。"

丁一莲愣了愣，看着眼前这张俊俏如天使却有点贼忒兮兮的脸。

"你说什么？"

"为了弥补当年你对我的失约，你起码应该好好请我大吃一顿啊。而且，我还是一个正在失恋的可怜人，母子团聚的庆典是不是可以摆在工作之前呢？"

丁一莲的脸一下子柔和下来，"你终于被自在给彻底拒绝了？"

"看来人人都知道，我是在单相思啊。"

丁一莲忽然又拿起一叠报纸劈头盖脸地瞄准阿仁打了下来。

"一点出息也没有，这天下的女孩子都死光了？你就记得这一个？你喜欢人家，就一定要人家喜欢你吗？人家不喜欢你，你就活不下去了？工作也不管，有没有责任心？你是不是男人？还吃什么饭，现在就给我去开会，从明天开始，你别想休息！"

从办公室里传来的不清不楚的打骂声，却让办公室外面的小媛吃了一惊，她颤抖着问丁一莲的助理："老板娘和我们阿仁难道要解约吗？这是不是打起来了啊？明天报纸上不知道会怎么写啊！"

♣ Chapter 22

自在忽然如醍醐灌顶，仿佛得到人生的一声棒喝。

是啊，到底你要到哪里去？自在这样问自己，今天，只是一言不合，可以起身离开，但是最终，你到底要做什么呢？自己的人生，是没有办法随随便便起身离去的。

自在跟可言，也终于爆发了战争。

可言看娱乐新闻，看见了阿仁回归的消息，但阿仁并没有回来，心里隐隐有点担忧。

"自在，你跟阿仁怎么啦？他回来怎么没有住过来？"

自在正在网上上传着自己在山村里的照片，听见这个不愿意讨论的话题便懒洋洋地应了一声。

"是吧，他回来了？"

"自在，"可言忽然板下脸孔，厉声地说，"你到底瞒了我什么？你和他是不是分手了？这么重要的事情，你为什么不听听我的意见？"

自在吓了一跳，没想到可言会有这样的反应，茫然地说："我们也算不上是分手啊，从一开始，我们就只是朋友。"

"鬼才会相信呢！自在，你怎么一点也不爱惜自己的名声？跟清戍也是这样，现在跟阿仁也是这样？你要是不想嫁出去，就不要去招惹别人。"

可言的话让自在觉得受到了莫大的侮辱，她第一次感觉到把她一手带大的养母和自己之间存在着一条天堑。

"妈，这些事情我会好好处理。再说，我也不觉得这和我的名声有什么关系，管别人怎么说，我问心无愧。"

一言不合，自在起身想要离开。

"你到哪里去？"可言厉声喝住她。

自在忽然如醍醐灌顶，仿佛得到人生的一声棒喝。

是啊，到底你要到哪里去？自在这样问自己，今天，只是一言不合，可以起身离开，但是最终，你到底要做什么呢？自己的人生，是没有办法随随便便起身离去的。

从毕业的那一天开始，自在一直在被动地生活着，因为清戌而决定去苏州上班，因为妈妈而放弃了苏州的工作，因为阿仁的求婚而出走，如今，所有被动的因素都消失了，她发现，她需要决定自己的去向。

我究竟能做什么？有什么是我能做好的？究竟什么样的生活才是我想要的呢？

自在站在电脑桌前，眼前的屏幕保护跳出的是自己站在讲台前拍下来的张晓海和瑛红的笑脸。

她记得那张讲台，只有三只脚是完整的，有一只脚曾经在她上课的时候坏了，后来是校长给修好的。

在那个学校当校长，不仅会当木匠，还得会种田。学校后面有一大片菜地，学校食堂里的蔬菜都是校长自己种的，孩子们会在放学以后去帮忙料理。

短短的代教经历，居然全是让人充实和愉悦的因素，闲暇的时候，跟阿润一起喝茶做茶，也自有一番乐趣。

也许那样的日子，才是自在想要的吧。

但是有几句看似平淡的对话，却浮现出来。

"你很希望我爱上他吗？你真心这么想吗？"

"我只是个瞎子，我的想法对你不那么重要吧？"

"现在你又在意这个了。"

"其实我一直是在意的。"

既然在意，为什么又一次次跟我邂逅呢？

可言发了脾气，又有些后悔，看着自在木着脸站在那里，一脸绝望的神色，心里更加心疼，嘴里也就软了下来。

"好了，我也不说你了，你也这么大了，高兴跟谁走就跟谁走吧。"

自在也不回答，转身回了自己的房间。

房子大就这点好处，每个人都可以有自己的角落悄悄地疗伤。

可是，钻进了小卧房之后，自在发现，自己居然没有了走出去的勇气，因为她不断地问自己，却发现，关于可言的那个问题，她没有答案。

我能到哪里去呢？

我才22岁，接下来的日子我该干什么好呢？

人生会有这样的阶段，你会希望一切就在这一分钟停止，甚至，好像就在下一秒死去也没有关系。

自怨自艾的展自在，觉得自己失去了活着的意义，其实，这也不过就是失恋而已。

而这所谓的失恋，其实是完全还没有成型的。

那一边，阿润也长吁短叹地枯坐在家里。

自在的离去，随着阿仁的离开显得更加清晰。阿润走进自在住过的小厢房，试图寻找自在留下的痕迹，不过自在离开得很彻底，就好像从来没有来过一样。

山区渐渐要进入冬季了，这一年的冬天来得特别早，建国以来最早的一场大雪一下子将善水堂变成了冰雪世界。

这种时候还是一盆炭火比空调来得有用。

早早地，午龙就将火拢得旺旺的，还在炭盆边上捂了两只红心白薯和一片桔子皮，古老的客堂被熏得香香的。

阿润将手轻轻地在火上烤了烤，又不由得叹了口气。

午龙忽然发作起来。

"师傅，我真的受不了了，这一个早上，你已经叹了十七八口气了，你到底有什么不满意的地方？我跟你讲，就算要叹气，也轮不到你，我舅舅那个破学校，老师又要走了，说今年过完年就要进城去打工，叫我舅舅另请高明。"

"那就再请好了。"阿润有气无力地说。

"你说得那么便当，你看看我们这片山头，除了茶还是茶，有几个老师愿意留在这里？再这样下去，等我舅舅老了，退休了，我估计这个学校就要并到山下去了，到时候这里的孩子，上学可就不方便了。"

"这倒的确是个问题。"阿润还是不咸不淡地回应着。

"这哪里是问题？简直就是灾难啊！你想，孩子无处上学，年轻的小夫妻就不愿意住在山上了，这样搞下去，茶山的年轻人都跑光了，谁还留在这里种茶做茶？到时候山上没有茶农了，我看你一个人怎么守住传了一百多年的善水堂。"

虽然是闲聊，午龙还是说得十分激动。

"那我也无能为力啊，这样好了，你去学校当老师不就行了。"

"你饶了我吧，那些书上的字，它认识我，我不认识它啊。"

"这种事情我们急也没有用，你舅舅会想办法的。"

"办法有啊，不过我舅舅解决不了，你倒是有办法。"

"我去当老师啊？"阿润把手插进怀里，调侃午龙。

"不，你给我们请一个老师回来，孩子们都惦记着她呢，天天盼她回来呢。"

阿润没了声音，只是垂下头，如老僧入定一般地坐着，假寐起来。

谈话再次告一段落。

不过，大雪却让自在寝食难安，她想起那几间破旧的校舍，忍不住还是打了电话给午龙，想问问孩子们的情况。

这一通电话，让自在精神起来。

面对午龙一迭声的请求，自在答应了到学校来当老师的邀请，不过她希望午龙不要告诉阿润。

挂了电话，自在就兴奋地收拾起来。

电热毯、热水袋、常用药、课外书，她给自己列了长长一张清单，有为自己的山区生活做的准备，更多的是打算带给孩子们的礼物。

可言冷眼观察着自在的动作，也没有理由阻拦。

住进新房子，母女俩的隔阂越来越大，现在几乎已经没有什么话可交流了。

终于，自在收拾完毕，定好了离开的日期。

这一天大早，可言帮自在做了一碗荷包蛋面条，自在端起面碗，又放下来。

"妈，这一去，我也许就不会回来了。我知道你不会同意我的决定，所以我也就没打算跟您商量。想来想去，只有山里的那帮孩子最需要我，在那里，我也可以自食其力，虽然条件苦一点，但是我的心情很充实很愉快。如果你想我了，可以来看我，以后，我怕是没有办法照顾你了。"

可言点了点头，看着自在认真的面孔，她说不出反对的话来。

"也好，只要你能开开心心的，我不拦你，反正这个家总有你一口饭吃，实在觉得太苦了，你就回来。"

自在环顾了一下崭新但陌生的家，说："其实，我们的小家也挺好的，这间房子，我总觉得不是我的家。不过，妈，您是长辈，我不能干涉您的决定，今后，我也不会再提这房子的事情了。"

自在走了，留下可言一个人坐在空荡荡的客厅里，她忽然觉得自己的呼吸似乎也有了回声，只能打开电视机，寻找一点声音的安慰。

小学校的宿舍里，自在为自己布置一个小小的窝，先用报纸糊一层，然后再拉上淡蓝的布帘子，同色的桌布将破旧的办公桌掩饰起来。

窗外的大雪已经消融了，雪后满山的茶树居然还是青翠的，今年的冬天来得太早，连茶树也没来得及换上冬装。

新的人生在这陌生但是亲切的山间学校里铺陈开来，推开窗子，看着眼前充满生机的茶山，自在觉得自己又充满了勇气。

甚至，她还鼓足了勇气，打算去拜访自己的邻居。

拍开善水堂的门，迎接自在的却是阿润的父亲。

"展老师？您回来了？"山里人淳朴，见到老师都会十分尊重。

自在的脸一下子红了。

"胡伯伯，您就叫我自在好了，我帮您和阿润带来两个暖手宝，冬天用起来很方便的。"

一边说着，一边却忍不住向屋里看了看。

午龙从庭院里钻了出来，看见自在，吃了一惊。

"展老师？您已经来了啊？我们师傅去接你了。"

"可我没在车站看见他啊？"自在焦急起来。

"呵呵，不是车站，喏，前几天午龙唠唠叨叨让阿润去上海接你回来，结果这家伙一声招呼也不打，就自己去了。没想到你已经来了。"

谁说他不敢离开家门？

六岁和二十二岁毕竟是不一样的。

这一次，他终于跨出了家门，去寻找属于他自己的故事。

可是，他没有想到的是，故事却在他的家门口再一次展开了。

兜兜转转，有缘的，总会等到彼此，就像一泡好茶叶，需要耐心等待与一杯好水的相逢，才会变身为色香味俱全的好茶。

经历过等待之后的幸福，就像好茶的回甘，让你不由自主地愉悦起来。

属于你的那个人，属于你的那个梦想，属于你的回甘，总有一天会来，或早或晚，只要你相信他，相信梦想，相信人生总有回甘。

© 吕 玫 2010

图书在版编目（ＣＩＰ）数据

回甘/吕玫著. —沈阳：万卷出版公司，2010.2
ISBN 978-7-5470-0684-9

Ⅰ.回… Ⅱ.吕… Ⅲ.长篇小说—中国—当代 Ⅳ.
I247.5

中国版本图书馆CIP数据核字（2010）第011311号

出版发行：北方联合出版传媒（集团）股份有限公司

　　　　　万卷出版公司

　　　　　（地址：沈阳市和平区十一纬路29号 邮编：110003）

印 刷 者：北京联兴盛业印刷股份有限公司

经 销 者：全国新华书店

幅面尺寸：145mm×210mm

字　　数：200千字

印　　张：7.25

出版时间：2010年3月第1版

印刷时间：2010年3月第1次印刷

责任编辑：赵　旭

特约编辑：陈　蔡

装帧设计：居　居

ISBN 978-7-5470-0684-9

定　　价：20.00元

联系电话：024-23284090

邮购热线：024-23284050

传　　真：024-23284448

E－m a i l：vpc_tougao@163.com

网　　址：http://www.chinavpc.com

一茶一坐·茶之恋小说档案

自成立至今，一茶一坐持续在文化营销上保持立意创新，让书香与茶香一起，为中国时尚文化注入品牌的价值内涵。

2004年起，一茶一坐出版了一系列茶之恋小说与音乐专辑，相关音乐与故事都围绕一茶一坐产生。通过"文化"的植入式营销，把虚拟世界和一茶一坐的真实用餐体验有机结合，让每一个与顾客相会的瞬间绵延成生活中不同的感动故事。

茶之恋小说系列，以温婉平和的笔调探讨都市男女在爱情和职场中的现实问题。透过不同的小说，将东方美人茶、八十八夜茶、有机茶和铁观音的魅力具体化、故事化，让更多的年轻人爱上喝茶，爱上一茶一坐所推崇的真诚温暖富有创造力的生活哲学。

2005年 和风.茶之恋   2006年 茶之恋   2006年 茶之恋·CD   2007年 东方美人

2007年 茶TEA   2008年 八十八夜   2009年 幸福的味道   2010年 回甘

2010《回甘》

通过一茶一坐门店普通茶艺师一展自在的人生故事，和大家一起分享人生的苦而后甘，带领读者一起寻觅经历生活的苦涩和磨炼之后获得的幸福感。

上海一茶一坐餐饮有限公司　WWW.CHAMATE.CN

一茶一坐品牌故事

　　"一茶一坐"，即是"以一杯茶的心意，珍惜每一次坐下来的缘份"。来自台湾，一茶一坐坚持真材实料、原汁原味，为您提供真正天然、健康、美味的好料理。秉持建立人与人亲密关系的理念，一茶一坐恪守"把客人当朋友，把伙伴当家人"的经营理念，以茶为本，不断创造感动与温暖。

招牌麻油鸡煲

　　麻油鸡益气补血，是民间传统的补身良方。对气血虚弱或身体疲劳的现代人士来说，亦可作为日常温补的食物，养生又健康。

　　一茶一坐麻油鸡煲是用浓缩了20只老母鸡精华的招牌鸡高汤烹制，自然鲜美可口，绝不口干。淋入特制黑麻油，香气浓郁，更含有丰富的不饱和脂肪酸，吃了能调理身体，尤其适合女士食用。

香劲羊肉石锅

　　去过台湾的人都知道，羊肉炉是一道不可不吃的传统滋补美食。寻遍中国，只有在一茶一坐才能吃到这款口味地道、原汁原味的的特色台湾料理。

　　一茶一坐只选用小羊羔身上最精华的3根肋排，为您带来最鲜嫩多汁的好味道。带皮羊肉加入多款滋补中药材久炖而成，汤汁美味浓郁，皮Q肉嫩，是上班族药膳食补的上佳之选。

喝好茶、简单泡的首选品牌

活瓷盖碗 时尚健康
超卓品味 回甘无穷

盖碗是中国茶文化伟大的发明创意，它融合茶杯、茶壶、茶海(又称公道杯)的三合一功能，是现代茶艺最常使用的器具，也是品茶新手入门的第一套必备茶具。盖碗造型高尚优雅、功能多样化，不仅能反映茶汤丰富色彩和茶质纯净之美，也能显现尊贵高雅的用茶姿态与时尚脱俗的品茗气质，因而自古以今广为流传，盛行不衰。

EASTCHA逸茶雅集活瓷时尚盖碗系列，以中国"天圆地方，天地人合"哲学为设计概念，呈现杯口浑圆，杯底方正的时尚造型。内杯采用质优的巴西碧玺(电气石)与二十多种矿物石，以1300度高温烧至成活釉瓷，泡茶时可释放高量负离子、将水分子震化得更细、使水质呈碱性、吸附水中的杂质、使茶汤更显得纯净甘甜而健康可口，因而具有"活化水性，优化茶韵"的美誉。划时代新茶具–活瓷时尚盖碗杯是现代爱茶人士与白领新贵品茶时的好选择，值得你拥有及享用。

有了一茶一坐-EASTCHA逸茶雅集
的分享包-时尚三角袋泡茶，
你看泡茶，就这么容易！
「喝好茶，简单泡」
让您「享茶时刻、即刻享茶」！

EASTCHA 逸茶雅集

EASTCHA
Shanghai

逸茶雅集
喝好茶、简单泡的首选品牌

为什么要「喝好茶」？

茶是仅次于「水」全世界销耗量最大的饮料，可以让人消渴、解腻、醒脑、提神、美颜、排毒、去脂、减肥、抗氧化、去除自由基，提高免疫力，而现代人常因接触计算机、行动电话、家电用品而累积在人体的辐射量，茶也可以将它们清洁干净。因此，「茶」被称为上天赐给人类最好的礼物。因此对于喝茶绝对要坚持原则，那就是一定要「喝好茶」，即是茶叶种植自然纯净无污染、生产全程质量监控、制作工艺精湛严谨、产品包装用心设计、加上品牌的价值主张与承诺，我们称之为「至真、至善、至美的茶」The Finest, Loveliest, Genuine Teas! 但切记，喝好茶不一定要花大钱，选择高性价比的逸茶雅集产品，绝对让您安心、信心及乐心！

为什么要「简单泡」？

逸茶雅集大力提倡KISS时尚喝茶新主张「喝好茶·简单泡」，提供现代消费大众一个全新的喝茶体验与享受。逸茶雅集精心推出「分享包」袋包茶系列–Sharing Tea Bags；只要您掌握「简单泡三步骤」1.买一袋分享包 2.取用三角茶包，注入温水 3.尽情品尝一杯好茶。你喜泡茶，就这么容易！有了一茶一坐EASTCHA逸茶雅集的分享包–时尚三角袋泡茶，让您「享茶时刻、即刻享茶」！从今以后可以「喝好茶·简单泡」了！

逸茶雅集带给您时尚喝茶全新体验
喝好茶、简单泡3步骤

Step1 | Step2 | Step3

买一袋分享包 | 取用三角茶包，注入温水 | 尽情品尝一杯好茶

上海逸品贸易有限公司
地址：上海市徐汇区田林路398号1楼D室
电话订购：021-5445 3128
网路订购：www.eastcha.com
淘宝网：http://shop60158398.taobao.com/

一茶一坐 茶人生活事业品牌 EASTCHA 逸茶雅集